NÃO ME CHAME DE MÃE

adriana moro

URUTAU 10 ANOS

Nenhum homem é uma ilha

Thomas Morus

Capítulo 1.

Enquanto os fogos de artifício coloridos cortavam o céu, eu abafava os ouvidos da minha menina. Era o findar de 2019, as janelas fechadas estremeciam de cor e luz. Enquanto isso ela, a menina sensível no auge dos seus cinco meses, a filha que nunca esperei ter, soluçava sem parar. Se pudesse, eu chorava junto.

As vozes na TV ligada competiam com os uivos dos cachorros latindo desesperadamente, enquanto na vizinhança a gritaria anunciava algum tipo de esperança (da qual eu não compartilhava).

Na nossa casa, não havia ceia com pratos típicos de Réveillon, lentilha para dar fortuna, nem frango para ciscar para trás. Eu não tinha comprado uvas para guardar as sementes na carteira e também não pularia sete ondas como costumava fazer até pouco tempo. Eu tinha é uma pilha enorme de roupas para passar, que estavam à minha espera na única cadeira da casa, e uma filha incontrolável, espremida comigo no sofá de dois lugares, entre duas bonecas e outras tantas bugigangas que alguém com filhos pequenos junta sem nenhuma necessidade.

Com uma das mãos alcancei o controle remoto e passei rapidamente alguns canais, decidida a me informar um pouco enquanto estava na função de impedir que a menina tivesse um treco de tanto chorar. Escolhi o jornal.

Em meio às notícias das queimas de fogos nas principais capitais do país, o apresentador anunciava, num tom grave e preocupado, o alerta que a Organização Mundial da Saúde havia recebido sobre uma enormidade de casos de pneumonia que estavam acontecendo na cidade de Wuhan, na China. Tratava-se de um novo tipo de coronavírus que nunca havia sido identificado antes em seres humanos.

Aquelas notícias que eu escutava, de forma impaciente, junto aos choramingos da menina, não ecoavam dentro de mim, pareciam distantes para uma mãe acelerada com mil obrigações dentro de casa. Para completar, eu sempre me achava insuficiente, dividida entre os cuidados com a criança e a vontade de continuar sendo a jovem que não precisava de ninguém, que lia muito, notícias, livros e que sempre teve horário para estudar, pois acreditava que isso fosse indispensável. Onde havia ido parar aquela outra mulher?

Ao se tornar mãe, a gente se perde. Essa é a verdade. É muito fácil deslizar por aquilo que a gente foi e passar batido pelas crenças pessoais que tínhamos em nós mesmas.

Quando a menina nasceu, o que senti não foi exatamente amor. Foi medo. Medo ao perceber que ela estaria para sempre ali, e eu nunca mais estaria sozinha.

Sempre quis ser mãe e ter uma família. Quando criança, adorava brincar de bonecas. Elas tinham roupas de inverno e de verão. Eu conseguia entender suas necessidades. Mamãe costurava bem na máquina velha que herdou da vovó. Dali saíam peças lindas para meia dúzia de bonecas, costuradas a partir de retalhos conseguidos aqui e ali, das sobras daquelas roupas de que mamãe tirava a barra ou fazia vestido virar saia. No inverno frio do nosso litoral catarinense, ela também tricotava blusinhas e casaquinhos. Entretanto, mesmo crescendo com esse desejo maternal desde a infância, em momentos como aquele de 2019 eu me questionava se era mesmo isso que eu queria, se aquele era o melhor momento. Eu simplesmente não tive escolha. Fui questionada por algumas amigas na universidade — por que não estava me cuidando, tomando pílula, ou por que não tirava a criança. Mas naquele momento minhas crenças não me permitiam vislumbrar outra opção a não ser o nascimento da menina. Só fiquei pensando: por que somente eu era questionada, por que não faziam os mesmos questionamentos a Elias?

Ah, o Elias. Passagem de ano era dia de vigília na igreja. Ele estava lá. Se não estivesse lá, estaria trabalhando em algum restaurante chique, fazendo bico de garçom. Daria tudo na mesma para mim. Passar a virada do ano tapando os ouvidos da menina por causa do barulho.

A explosão dos fogos me fazia lembrar tudo o que a maternidade foi rompendo em mim. Aqueles estalos me eram semelhantes à minha bolsa estourando. Aquele líquido escorrendo entre as pernas. O susto. Eu, sozinha, chegando na maternidade de táxi. Apavorada, assim como a menina estava agora em relação ao barulho ensurdecedor daquela madrugada que culturalmente deveria ser festiva.

O parto foi do tipo que a medicina chama de normal, mas natural tenho certeza que não foi. Saiu de dentro da minha vagina, rasgando a pele com a ajuda das mãos gigantes nada delicadas do profissional que estava à minha frente, ora em pé ora sentado. Ele que, munido de bisturi e lâmina, rompia os meus limites junto com aquele bebê pegajoso que veio dilacerando, fazendo sangrar. Assim como foi fazendo com tudo o que estava em volta na minha vida.

— Dois quilos, quatrocentos e sessenta gramas — disse a enfermeira de uma sala distante.

Eu ouvi como se fosse um eco. Era pequena. Não a ponto de não machucar na saída, mas também não grande o suficiente para dizerem "nossa, que menina vistosa!". Era uma criança normal, com alguma graciosidade que eu não sabia de onde vinha. Eu não sabia o que sentir. Se a amava ou se a repudiava. Pensava que deveria chorar de felicidade. Querer pegar logo no colo, como eu via nas novelas. Mas só tinha o choro parado na garganta. Choro de alguém que sentia medo de um futuro incerto que começava naquele momento, que me mudaria inteira.

— Faz mais uma força, mãezinha! — disse o doutor, paramentado da cabeça aos pés, com um crachá pendurado que ele tentava afastar de perto das minhas pernas em posição de frango de padaria. Ele parecia estar à procura de alguma outra coisa entre as minhas pernas. No crachá estava escrito: Dr. Nataniel, médico obstetra.

Achei que fosse parir mais um filho, tamanha a cólica que senti. Meu corpo também se endireitou e tentei descansar do trabalho que tinha tido. É claro que há um bom motivo para chamarem de "trabalho" de parto.

A placenta. Saiu do meu corpo mais parecendo um pedaço de intestino. Um pedaço de uma coisa com mais uma outra coisa comprida pendurada. Era o cordão umbilical onde a menina ficava presa a mim. O cordão foi cortado.

Descansei como se estivesse à sombra de um guarda-sol, querendo beber uma água de coco. O buço molhado. O corpo quente.

— Vamos ver se ela mama! — a enfermeira disse, enquanto me despia de um dos lados da camisola ridícula que deixava a bunda de fora. Mas o que é uma bunda quando alguém sai de dentro da sua vagina? Acabei achando o uso da camisola mera formalidade para um ato dito "instintivo". Me senti um bicho. Uma vaca. Uma mãe muito ruim por estar pensando aquilo tudo.

Quando era criança perguntei várias vezes para minha mãe como eu mesma havia nascido.

Esperava ansiosa a história que já havia escutado milhões de vezes, mas que contada por mamãe parecia algo formidável e muito legal de ser escutado mais tantas vezes.

— Eu estava com vontade de fazer cocô. Não sabia que aquilo era dor de parto. Fui no banheiro, mas não saía nada. Foi então que fiquei com medo, achando que você estava nascendo. E estava. A parteira mandou que eu fechasse as pernas para poder me passar para maca, para daí me levar até o centro cirúrgico. Mas você, filha, não quis esperar. Quis nascer ali mesmo na maca. Eu já devia prever que você nunca iria gostar de ser ajudada. Não quis depender nem do médico para nascer!

A menina não mamou naquela hora. E não mamaria nos próximos dias como a gente aprende nos livros ou vê nos comerciais. Seria tudo muito mais difícil.

Levaram-nos, as duas, para um quarto pintado de branco com faixas de tom pastel e motivos de bebês — mamadeiras, chocalhos, laços e chupetas intercalados decorando as paredes.

Deixaram a menina comigo. Num bercinho de acrílico.

Sentia-me suja, com um oco na barriga. Apalpei-me meio receosa e senti uma bolinha muito diferente do que era quando a menina estava na barriga. Logo abaixo do umbigo a bolinha dura mexia-se dentro de mim com o movimento das minhas mãos. Quanto mais eu mexia as mãos, mais sentia que estava toda lambuzada por baixo. Parecia xixi, mas era sangue, e a única coisa que impedia o sangue de se alastrar pela cama era um pedaço de pano branco dobrado em dois no meio das minhas pernas. Sentia que, colado às minhas costas, estava um pedaço de plástico que ia até mais ou menos a parte de trás dos meus joelhos. Incomodava, mas imaginei que fosse para não sujar o lençol de sangue. Estava desconfortável.

Sozinha como nunca imaginei estar — eu só queria minha mãe e não podia tê-la —, toquei nos seios que já queriam ficar enfebrados, cheios. Era leite. O meu leite. Com o qual eu deveria alimentar a menina. Sensações tão estranhas começaram a tomar meu corpo. Minha cabeça parecia girar de atordoamento.

A menina chorou, rompendo com o silêncio no qual a minha mente trabalhava os piores cenários.

O que eu deveria fazer? Queria gritar bem alto para minha mãe me ajudar. Mas não dava.

Tentei levantar o corpo para pegar a menina no berço, ela parecia que ia morrer de tanto chorar. Foi ficando vermelha, depois roxinha. Movimentei-me, mas o corpo sangrava. Minhas entranhas doíam. Chorei.

Lembrei de uma professora que tinha contado uma vez que, durante seu trabalho de parto, chegou a ter um orgasmo. Talvez eu também tivesse conseguido, se soubesse o que era isso! Não conhecia meu próprio corpo, tinha sido de um único homem e não tinha planejado aquela gravidez.

Senti as lágrimas descerem pelo meu rosto. A menina fazia caretas e o grito preenchia o quarto.

A enfermeira adentrou no recinto, pegou a menina no colo, ajeitou entre seus braços e ela parou de berrar.

Será que um dia eu saberia fazer isso também? Essa mágica de encantar bebês e fazê-los ficarem quietos?

Acho que ela percebeu que eu estava chorando. Alinhou meus braços e colocou a menina neles. Ela estava enroladinha num cueiro fino cor-de-rosa, feito um crochê de forma bastante grosseira de cor lilás, que eu tinha ganhado de presente de uma amiga da faculdade. Um dos poucos presentes que ganhei.

E a faculdade? O que estariam estudando naquele dia? Tartarugas? Coelhos? Abelhas sem ferrão? Algo da flora ou fauna brasileira? Eu tinha a lição mais intensa que alguém pode ter sobre reprodução humana naquele momento. Experimentava na pele. Sozinha. Eu estava sozinha.

Diferentemente de como estive durante toda a gravidez. Elias não viria depois de dar uma desculpa qualquer sobre dificuldades no trabalho. Nem mesmo à noite. Nem para uma visita rápida. Ele, que depois do susto de saber que seria pai, acolheu a notícia e entusiasmou-se pensando em cada detalhe. Como faríamos: alugaríamos um apartamento só para nós dois, uma quitinete. Ou, o que realmente aconteceu depois, um quarto em uma pensão com banheiro compartilhado com outras pessoas. Um lugar pequeno e pouco ventilado, com um carpete vermelho que cansava nos olhos, uma cama de viúva e um guarda-roupas de duas portas, mas com um espelho grande que era onde nos olhávamos enquanto fazíamos amor. Na pouca luz, com os corpos suados. Foi ali que aprendi o que é ser homem e mulher. Ali, quantas vezes mesmo sem vontade eu cedi às investidas do Elias, porque achava que deveria ser assim.

Mãe de primeira viagem, eu nem sabia direito se o que eu sentia em relação à minha filha estava certo ou errado. Muito amor, pouco sono. Muitas obrigações, nenhum tempo livre. Sensação de estar completa, mas ao mesmo tempo sempre necessitando de um elogio que nunca vinha. Sobre querer ser a melhor mãe para a menina, mas sem deixar de pensar em tudo o que eu pretendia e almejava na profissão que escolhi, a biologia. Eu não conseguiria ser somente a figura maternal na incumbência da cria. Eu queria mais.

Ressoava em meus pensamentos a voz de minha mãe cansada de dizer durante toda a minha adolescência que, depois que eu parisse, algo em mim mudaria por completo.

— Acontece com toda mulher! A gente fica mais sensível, filha. Mais ajuizada — mamãe falava como se existisse um botão de liga e desliga. Que vamos tendo mais medo de morrer, coisa que a maioria das pessoas não mães não sente. Sensação de que agora alguém depende de nós e precisamos saber o que estamos fazendo. Meu botão ainda não parecia ter sido ligado totalmente, era um fato.

Capítulo 2.

Após a queima de fogos, com a menina mais calma e distraída com um chocalho na mão, apanhei o celular para fazer uma pesquisa rápida e descobrir o que era o tal coronavírus. Desde criança tinha essa mania de querer saber tudo. Criança curiosa que sempre fui. Cheia de energia, estudiosa. Cheguei a ser aprovada para estudar em uma universidade pública. Mas meus pais não sabiam direito a importância do ensino superior. Só me disseram que não teriam como me manter na cidade onde era o curso — Florianópolis. Resolvi trabalhar para juntar algum dinheiro e depois cursar a universidade aqui mesmo na cidade de Itajaí, também em Santa Catarina. Pagava a universidade com o dinheiro que guardei mais a bolsa de estudos de um projeto de que participava, liderado pelo professor Aristeu, o mais amado pelos alunos. Ajudávamos tartarugas marinhas em extinção a se reproduzirem.

Mamãe sabia mais das letras do que meu pai Jorge. Papai nunca frequentou a escola. Filho de pescadores, aprendeu os números e a matemática básica com a vovó, não muito mais do que o suficiente para fazer as contas dos quilos de peixes que vendia.

Depois que ficou homem maduro, nunca mais quis saber de rede e anzol. Dizia que aquilo não era vida. Sem dia de descanso, sem férias, fedendo a peixe. Não sabia nem como tinha conseguido achar uma moça para casar. Burro. Assim seu Jorge se definia. Ele também não era alto como os outros meninos da vila.

— Não cresci, filha, porque comi pouco a vida toda — ele me dizia.

Já mamãe era uma moça bem afeiçoada. Veio pro litoral com a família para cuidar de umas casas fora de temporada. Cortar grama, limpar banheiros, consertar as cercas. Para o pai e os irmãos de mamãe — Júlio, Jackson e Jair — ficavam os serviços de fora, como a jardinagem e o conserto das cercas. Da sua mãe e dela eram os serviços de dentro, incluindo forros, banheiros, cozinha, quartos. Acabaram por ficar no litoral e trabalhar na temporada em barracas de milho e churros.

Seus irmãos foram um a um se perdendo na vida e deles não tinha mais notícias. Vô Antônio e vovó faleceram jovens. Para a mamãe, sobrou trabalhar por dia nas casas de famílias, abandonando os estudos.

Queria fazer magistério, ser professora, mas conseguiu estudar só até a quarta série. Mesmo assim, mamãe aparentava ser uma pessoa estudada. Era astuta, comunicava-se bem. Tinha uma beleza espontânea. Era daquelas mulheres que já saem do banho brindando o mundo com sua pele e seu olhar brilhantes, sem precisar fazer nenhum esforço para isso. O pior é que eu sabia que não tinha herdado dela nenhuma dessas características.

Conheceram-se na igreja. E foi assim que o destino também quis que eu conhecesse o Elias.

Não casaram no papel para não ter gasto. Pegaram a bênção na igreja e logo foram morar juntos porque mamãe já estava grávida de mim.

— Filha, vê se não deixa acontecer com você o que aconteceu comigo. Se cuide. Não vai pegar barriga antes de ter um bom emprego — ela me orientava, sua filha única depois da hemorragia que teve no parto. Mamãe quase tinha morrido, não queria passar por aquilo de novo.

Àquela altura, continuei no celular e nem percebi que a bebê rolou do sofá onde estava dormindo. Ainda bem que tinha uma almofada no chão. Admirada porque ela não acordou, continuei verificando algumas referências sugerindo que o tal coronavírus tivesse inicialmente sido passado para o homem por meio de camelos que foram mordidos por morcegos. Outras declarações afirmavam que tinha origem nas cobras. Muitas investigações e poucas conclusões. Fiquei confusa. Minha cabeça doía. Encostei-me no sofá. Com a TV ainda ligada, adormeci profundamente.

Capítulo 3.

Sou uma menina do litoral. Não uma menina de praia, se é que dá para entender isso. Nasci e moro na região litorânea, mas, diferente do que a maioria das pessoas pensam sobre meninas como eu, não frequento a praia. Já frequentei. Mas não na frequência que as pessoas todas imaginam. Depois de um dia de trabalho estressante, é bom voltar para casa passeando descalça na areia e de vez em quando chutar alguma onda. Finais de semana de saraus com amigos à luz de fogueiras fumando um beck na orla fazem parte da vida, pelo menos de algumas vidas.

Entre os prédios de luxo do litoral e a periferia, existe um abismo que poucos turistas conhecem, mas que eu conheço bem de perto. O abismo da falta de saneamento, do transporte público insuficiente. Das férias de escola perdidas para trabalhar atendendo as pessoas que estão de férias. Do calor escaldante sobre a areia quente enquanto um banho de mar não é possível. Da falta de estrutura urbana que não aparece ou não chama a atenção dos turistas. Da exploração da mão de obra barata das crianças e demais pessoas que, como eu, moram na periferia.

Da infância, lembro as conchas juntadas em um baldinho amarelo que sempre carregava comigo e a importância de irmos à igreja às sextas. Importância nem é o adjetivo a ser usado, pois eu odiava calçar sapatos e na igreja mamãe não deixava ir de chinelos. Sendo assim, para mim não havia importância, mas obrigação.

— Por que não posso ir de chinelo na igreja, mamãe, se Jesus andava de sandália em todos os lugares?

A resposta sempre vinha com uma cara de aborrecimento e rapidamente eu colocava a sapatilha que apertava os dedões.

Seu Jorge, meu pai, tinha um carrinho de bebidas para trabalhar na alta temporada. Guarda-sol, boné, nada de protetor solar. De vez em quando ia tomando umas pingas que eram para ser dos clientes.

— Pra aguentar o tranco, filha! — ele dizia.

Eu ficava com mamãe, que vendia picolés. Ajudava com o apito a chamar as outras crianças, que sempre estavam de férias. Eu, por outro lado, nunca estava.

— Preferível trabalhar na temporada e guardar dinheiro pra viver o restante do ano do que trabalhar como peixeiro — dizia meu pai.

Era assim que minha família se organizava. Trabalho de sol a sol. Refeição de verdade somente no final do dia. Sexta-feira era dia de ir à igreja. Era preciso guardar dinheiro e sobreviver de alguma coisa, de alguma forma, fora da temporada. Cuidar da casa dos outros, a maioria à beira-mar, com muita decoração estilo praiano, redes coloridas, toalhas rendadas, quadros pintados a óleo simulando ondas nas paredes.

Tudo o que a casa onde morávamos não tinha.

A casa onde morávamos, uma casa alugada, simples, de madeira, numa quase esquina que beirava um pedaço de mar. Um lugar onde quase ninguém residia por ser atingido diversas vezes pela ressaca.

Meu pai havia plantado um flamboiã na entrada assim que chegaram na casa, quando eu ainda não havia nascido. Ele fez um balanço improvisado que ficava pendurado por cordas grossas nos galhos frondosos da árvore gigante que tomou quase toda a frente da casa. O flamboiã era lindo. Flores avermelhadas que tornavam o lugar mais habitável, cheio de pequenos pássaros e insetos de todos os tipos. Acho que foi por isso que iniciei minha coleção de insetos, que fui guardando dentro de potes e achava que alimentava com folhas frescas. Os mesmos que tive de soltar rapidamente depois de um pesadelo com o filme *Aracnofobia*. No pesadelo, meus insetos tinham crescido, ficando maiores que eu. Então se vingavam de mim por estarem presos. Chorei para mamãe, inconsolável.

— Mamãe, explique pra eles que não fiz por mal.

Deve ser daí que veio o amor desde pequena pela natureza, espécies aquáticas, flores, florestas. Eu, uma criança serelepe, não parava em nenhum lugar por muito tempo, sempre com um sorriso no rosto e querendo explorar o mundo à minha volta. Desde muito pequena desejava ter uma vida diferente daquela que mamãe levava, ser aquilo que ela não conseguiu ser.

Agora, olhando para mim, eu também não era o que queria.

Depois que adormeci no sofá vendo as notícias, acordei com Elias tirando minha roupa, enquanto roçava a barba por fazer entre minhas pernas. Passava das duas da madrugada. Minha cabeça até queria transar com ele, mas meu corpo estava cansado e não queria responder. Com os pés ele empurrava tudo à nossa volta, deixando cair as bonecas da nossa filha. Eu, ainda sonolenta, tentava me desvencilhar dos braços dele só para impedir que as bugigangas que caíam do sofá fizessem muito barulho, para não acordar a bebê que ainda dormia no chão.

Cedia ao impulso de me desvencilhar. Tentei ficar parada, enquanto ele chupava meus peitos. Eu gostava muito daquilo. Mas acabei gritando sem querer quando ele se demorou em uma mordida.

A menina chorou, levantou os bracinhos em minha direção. Elias empurrou o próprio corpo contra o meu para poder se levantar. Estava estressado e cansado. Trabalho, vigília, ônibus, ônibus e casa.

— Não podia aguentar quieta ou gritar mais baixo? Você sabe que essa menina acorda por tudo!

Ele saiu da sala em direção ao banheiro com passos pesados. Escutei o chuveiro ligar enquanto a menina voltava a pegar no sono, agora no meu colo. Elias não voltou mais à sala. Eu e a menina adormecemos no sofá e a roupa não foi passada. Não era o melhor jeito de iniciar o ano.

Capítulo 4.

Morar na praia tinha algumas vantagens.

Apesar de sermos coadjuvantes das férias alheias, havia algumas coisas que só nós, moradores, conhecíamos bem: as histórias dos pescadores, as oferendas que Iemanjá cuspia de volta na praia.

Mamãe não gostava quando eu mexia nessas coisas que o pessoal deixava de oferenda no mar.

— Isso dá má sorte, menina. Dá agouro ruim.

Eu me divertia fazendo colares com as flores de plástico que ficavam na margem. Catava as rolhas dos espumantes baratos que deixavam todos bêbados nas viradas de ano e as colecionava.

Também tem os que acreditam que o mar cura tudo. Nisso mamãe acreditava.

— Água salgada cura tudo, filha. Cicatriza ferida, frieira e seca espinha.

Mas eu pensava o contrário dela. Ficava cabreira por tanta gente usar a praia e poucos saírem de lá doentes. Tantas feridas juntas, bactérias, protozoários, fazendo a festa por entre nossas peles. Tanto mijo na água.

Mamãe ensinou a pegar uma concha, chegar bem perto do ouvido, que assim eu poderia ouvir as respostas das minhas dúvidas. Mas essas respostas eram dadas na linguagem do oceano, poucos entendiam. Eu era uma das que não entendiam, pois uma vez precisava da resposta de uma questão de matemática e o mar na concha só fazia chiar.

Lembro que, naquele dia, depois da decepção com o mar, fui para casa desanimada.

Assim, fui descobrindo com a minha própria maternidade que as mães falam algumas coisas pros filhos mais para instigá-los do que para ensiná-los. Minha mãe fez muito isso. Agora eu entendia.

Dois meses depois de parir, eu já sabia segurar a menina nos braços, já sabia trocar fraldas. Acordava quatro vezes durante a noite com cada gemido dela. No começo, com os peitos doídos, sangrando, jorrando leite cor de rosa. A menina chorava de fome e até de tristeza, eu acho, por ter uma mãe tão desajeitada como eu. Mas eu insistia. Sabia que o leite materno seria o melhor para a imunidade da menina. Mas nunca imaginei que era tão difícil assim dar de mamar. Assim como o parto, só se sabe depois que se vive.

Elias não entendia. Acho que não sentia o mesmo. Parecia estar cada vez mais distante, não era o mesmo homem carinhoso e cheio de planos que descobriu comigo a gravidez.

Parecia que meu sono tinha ficado mais leve a partir do momento em que a menina saiu das minhas entranhas, ou foi algo que a enfermeira tinha colocado nos remédios que tomei na maternidade.

Apesar das minhas dificuldades, inerentes às mães com pouca experiência, eu alinhavava minha história com a menina para tentar chegar o mais perto possível de um momento mágico, como eu achava que tinha que ser. Elias dizia estar vivendo um pesadelo, talvez porque as coisas estavam saindo muito do controle e isso abalava os perfeccionismos dele de uma tal maneira que me fazia desconhecê-lo:

— Se tivesse um sofá decente eu me mudava pra lá!

Ele estava enfurecido porque a menina não ficava no bercinho que compramos num daqueles brechós quaisquer de móveis e colocamos ao lado da cama. Era branco e eu achei até bem fofinho. Mas acho que tinha espinho. Ela não gostava de ficar lá. Queria mesmo era ficar aninhada nos meus braços, que, à medida que ela ia crescendo, iam ficando mais dormentes até o início da manhã.

Que bom que eu tinha pegado muito a menina no colo, porque agora ela já não gostava tanto disso, nem sequer que eu tocasse direito nela, ou que qualquer um pegasse nela. Será que eu tinha aprendido direito como ser uma boa mãe? Ou o remédio que a enfermeira deu depois do parto tinha perdido a sua validade?

Não tínhamos o tal sofá decente e dormíamos espremidos na cama de viúva dentro da quitinete para a qual nos mudamos depois que a dona do quarto que ocupávamos ofereceu o imóvel aos fundos do terreno, no segundo andar, bem em frente ao dela.

Foi depois que tive a menina. Um dia ela chamou Elias e fez a oferta. Paredes mesmo assim meio coladas às dos outros vizinhos, mas de concreto e com um pouco mais de espaço. Quarto, sala e cozinha. Um balcão de cimento com granito em cima, onde fazíamos as refeições. Não tão arejado como eu gostaria, mas sem o carpete vermelho que me ardia nos olhos. Era de piso gelado. Tratei logo de colocar um tapete que também achamos na loja de usados. Na oportunidade a dona disse que os outros moradores estavam reclamando muito da choradeira que a menina fazia.

Eu já tinha imaginado que isso ia acontecer, pelas frestas das paredes dos quartos de madeira sabíamos todos das intimidades uns dos outros.

Elias saía cedo para a loja de materiais de construção e voltava cada dia mais tarde da noite. Na igreja já não íamos. Conforme a menina crescia eu não conseguia fazê-la ficar quieta no colo. Se a colocava no chão, ela se jogava, parecia que eu a estava matando. O fato é que ninguém nunca perguntou se eu precisava de alguma ajuda. Os olhos cristãos, silenciosos, me apedrejavam em pensamentos.

Foi ele que decidiu que não nos levaria mais à igreja. Eu aceitei. Não sei por quê. Nunca questionei essas coisas. Também estava esgotada, e sair de casa com a menina era cada vez mais difícil.

Capítulo 5.

Depois do ano novo, a principal festa para quem mora no litoral é o Carnaval, e este chegou bem rápido naquele ano. Eu sabia que a cidade encheria novamente.

Elias tinha escutado alguém no trabalho falar que achava que o movimento seria pouco por causa da nova doença. Na TV e na internet já se especulava sobre a não realização do evento, já eram mais de duas mil mortes e os primeiros casos no Brasil começavam a ser anunciados.

Mas eu estava animada em ver o movimento. Sair mais com a menina, pois já tinham se passado oito meses desde o nascimento dela e nossa rotina era ir até o portão ou até o posto de saúde. Nada de igreja ou casa de amigas, que foram se reduzindo até sumirem de vez desde que contei da gravidez. Não voltei às minhas aulas. Para mim, a vida podia ser resumida em antes e depois da menina, literalmente.

No posto de saúde, a cada consulta, recebia mais e mais olhares estranhos, mas ninguém dizia nada que amenizasse a sensação de que eu estava sendo uma péssima mãe. A menina realmente chorava demais. Mesmo que as pessoas tentassem esconder seus incômodos, era perceptível que nossa presença não era bem-vinda.

Quase ninguém tem coragem de dizer na sua cara "mãe, você pode fazer essa criança ficar quieta? Será que você está alimentando essa menina direito? Será que não está judiando desse anjinho e ele está com dor?".

Se eu tivesse uma sogra presente, talvez ela ralhasse essas barbaridades para cima de mim. Mas o cuidado com a menina não era uma fórmula matemática e o que eu tinha estudado até então na faculdade de biologia, terceiro semestre incompleto, não estava ajudando em quase nada. Eu sabia que, por causa da imunidade, o leite materno era o melhor. Também sabia algo sobre os benefícios do parto normal, mas nada tinha sido ensinado sobre ser mãe e mulher ao mesmo tempo. Minha parte mulher foi ficando cada vez mais entranhada com a menina. Eu já não sabia muito bem onde eu terminava e ela começava. Já não sabia nem com qual cor o meu cabelo estava. Antigamente fazia luzes nas pontas de três em três meses. Agora, há mais de um ano ele não era sequer cortado. Eu queria ir cortar o cabelo, mas Elias dizia não ter jeito para cuidar da menina e naquela altura eu já não conseguia levá-la comigo. Já estava pesada e não tínhamos carrinho.

— Filha, a mulher depois que vira mãe vai perdendo a essência. Não por se tornar mãe, mas por esgotamento. Nenhum trabalho dá mais trabalho do que a tarefa de ser mãe. Amo você, mas não posso deixar de dizer que te criar dá trabalho. Dá cansaço. Dá estafa. Uma estafa que nunca posso reclamar pra ninguém. Pois como uma mãe pode reclamar a graça de ter um filho? — dizia mamãe, da forma mais sincera e amorosa quando eu acordava na madrugada toda mijada, mesmo depois de grandinha.

Isso acontecia principalmente quando eu ficava nervosa vendo meu pai Jorge exigir da mamãe um monte de coisas sem pé nem cabeça, mesmo depois de um dia esgotante de trabalho — diga-se de passagem: para os dois. Quando os dois brigavam, eu achava que a casa ia virar de cabeça para baixo, morria de medo e quando ia dormir chorava por baixo do lençol lavado por mamãe.

Aquela noite, véspera de Carnaval, tinha sido particularmente difícil para mim. Não dormi nada. A menina começou com febre de tardezinha. Eram 37,8 graus. Depois 38. Logo o nariz escorreu. A menina se entupiu e já não respiramos direito as duas. No pensamento só vinham coisas ruins, tinha muito medo dela adoecer e eu sem saber cuidar direito, de que ela morresse e eu a perdesse.

Não tinha tosse ou outros sintomas, mas fiquei apavorada com a possibilidade de que ela estivesse com essa nova doença e mais apavorada ainda com a possibilidade de precisar procurar atendimento para ela em qualquer lugar que fosse.

A orientação era sair de casa somente o necessário e o uso de máscara para cobrir nariz e boca era obrigatório. Mas seria muito difícil colocar máscara na menina, ela que praticamente não deixava sequer eu colocar-lhe a roupa. Tudo incomodava: etiqueta, lã, afago. Não ia ter coragem de tirá-la de casa. Mas tive coragem de jogar na cara de Elias um pouco da minha indignação com esse tal papel de mãe que eu estava designada a cumprir:

— Foi você que trouxe essa doença pra dentro de casa, Elias — eu disse, agressiva.

— Não fale merda! Se eu não sair, ninguém come nessa casa.

— E se a menina tiver o vírus?

Elias me deixou falando sozinha. Saiu batendo a porta. A menina no meu colo. O termômetro do nosso lado. Eu queria minha mãe. Queria minha antiga vida de volta.

Minha filha ali, doente, eu sem saber que diabo faria.

E se ela convulsionasse pela febre? E se ela morresse por minha causa?

Coloquei a menina no sofá, os olhinhos marejados. Corpo quente, mãos geladas.

Segui para o banheiro e enchi uma banheira com água morna intuitivamente. Tirei a pouca roupa com a qual ela já estava e peguei aquele corpinho molenga. Eu chorei. Ela não tinha nem força para chorar.

Chovia lá fora. Escutando o barulho da calha acabei descobrindo que tínhamos algum problema nas telhas, porque, enquanto eu dava banho na menina, o sofá molhava com a goteira.

Trovejava.

Chuva sempre me deu medo. O barulho, a água que arrasta tudo da gente. As pessoas dizem “coisa boa dormir com chuva”. Dormir com chuva para mim é dormir preocupada, com a sensação de que tudo vai ruir, vai molhar. Se tiver vento ainda, pode ferir como lança. Enlouquece o mar. Mar ressaqueado, que tantas vezes veio para cima da nossa casa lá antigamente, arrastando a esperança daquilo que juntamos com o trabalho. No fim das contas, o que temos é a nós mesmos e aqueles que ficam ao nosso lado.

Quando lembrava do que foi, sentia-me ainda mais sozinha. A solidão ali me contando que a vida não tinha saído como planejado.

E mais e mais lembranças vinham à minha cabeça bagunçada nos momentos em que me via sozinha sem saber o que fazer com a menina.

Penso que não é só a água que pode ferir. A indiferença ao sofrimento do outro também fere e muito. Era assim que me sentia em relação às atitudes de Elias quanto às minhas angústias no cuidado com nossa filha.

A menina finalmente havia se acalmado e dormido só com a tolha envolta em seu corpinho. Talvez para ela a chuva fosse um calmante mesmo, como a maioria das pessoas dizia ser. A febre baixou.

Capítulo 6.

— Quando você vai me apresentar a sua mãe?

— Nunca.

— Você não acha que nunca é muito tempo, Elias? Fico tentando imaginar o que houve entre vocês que te causou tanto ódio.

— Tenha certeza que você não precisa saber.

Pelo que Elias me falava, ele só encontrava a mãe esporadicamente, quando ela deixava a roupa passada no apartamento onde morava. Ela também deixava todos os dias uma marmita com comida fresca na loja de ferragens. Para mim, pela feitura dessas pequenas coisas, ela me parecia ser uma boa mãe. Por algum motivo, no entanto, Elias parecia odiá-la. Esse ódio que eu nunca soube de onde veio, mas eu sabia para onde o tinha levado: o mais longe possível dos olhos dela. Ela aparentemente o amava muito, eu até achava que o superprotegia. Fazendo coisas que minha mãe não fazia por mim depois de mais adulta, porque dizia que eu deveria aprender a me virar sozinha, como no caso de passar a própria roupa ou fazer comida. Mas a mãe de Elias fazia isso tudo por ele e mesmo assim ele sempre dizia que a odiava.

Eu ficava me autocorrigindo para deixar de pensar besteira: mães também podem ser más e talvez fosse esse o caso. Elias tinha uma mãe cabível de ser odiada e eu não tinha o direito de ficar metendo o dedo nessa ferida dele. Um dia ou outro ele falaria. O que me disse nas poucas vezes que tocamos no assunto é que era filho de pai desconhecido, sem irmãos. Nunca contou onde morava quando pequeno ou outros detalhes da sua infância.

Ele, sempre o mais bonito da turma, como se referia a si. Alto, magro. Aqueles olhos de jabuticaba depois de bem lavadas, brilhantes, parecendo querer saltar da face, que o faziam puramente sedutor. Lábios pedindo para serem mordidos bem de leve. Uma língua acostumada a dar prazeres. Pés grandes e dedos das mãos longos, finos, que sabem bem o que podem fazer. Ele sempre teve consciência de tudo isso, talvez por isso era o mais desejado em todos os ambientes que estava.

Quando o conheci, ele já morava há algum tempo em um bom bairro, muito mais próximo da praia e das badalações do que onde fomos viver depois da gravidez da menina. Apartamento com varanda — e por causa disso se exibia no grupo de jovens da igreja. Um mínimo de luxo que ele dizia pagar com o esforço de dois trabalhos: atendente na loja de materiais de construção e bicos como garçom na temporada. Esse tal apartamento era um lugar que eu nunca conheci. Dizia dividi-lo com um amigo e, vez ou outra, quando eu tocava no assunto de irmos ao apartamento para ter um pouco mais de intimidade, as desculpas giravam em torno desse amigo. Num dia estava estudando, não podendo ser incomodado. Outro dia estava com a namorada, que não gostava de ver outras moças por lá. E em um dos últimos dias, antes de descobrirmos da menina, Elias disse ter perdido as chaves.

Elias amava música. Tocava vários instrumentos. Era temente a Deus. E foi assim que nos conhecemos.

Um amor intenso e sincero eu sempre tive por ele. Nossa história começou em uma sexta-feira à noite, pouco mais de um ano e meio antes da menina nascer. Era dia de grupo de jovens. Eu cantava lindamente e estava aprendendo a tocar violão. Naquela oportunidade estávamos muito felizes por receber jovens novos no grupo e um deles era Elias. Reparei em suas mãos com dedos longos. Logo depois ele pegou o violão que estava próximo a mim e começou a dedilhar um louvor. Fiquei entusiasmada, realmente o jovem novo me causou boa impressão. Que voz marcante.

Lembrei de um conselho que mamãe me dava toda vez que eu dizia estar apaixonada por meninos que não frequentavam a igreja:

— Pense sempre que não existe "ficar" por brincadeira. Você pode se apaixonar. Depois de estar apaixonada, não adianta reclamar que o menino não sai do bar, se foi no bar que você o conheceu.

Mamãe achava importante que meu futuro marido fosse crente.

Não se passou nem um mês desse nosso primeiro encontro na igreja para que Elias viesse falar comigo.

Eu percebia que ele me olhava diferente. Eu nunca me achei bonita o suficiente para ter um rapaz tão bem afeiçoado como Elias me dando bola. Meus cabelos sempre embaraçados por causa da maresia não eram curtos, nem longos como eu achava que tinham de ser. Minhas poucas amigas e mamãe diziam que eu tinha um corpão, ancas largas de boa parideira, peitos pequenos e coxas grossas. Mas eu não achava.

É verdade que eu não tinha barriga, mas eu me orgulhava mesmo era da minha desenvoltura social, sempre amiga de todos. Depois isso acabou se tornando um problema por causa dos ciúmes do Elias, que dizia adorar meu jeito, mas não gostava da forma como os outros podiam me interpretar.

Elias passou a ser a companhia perfeita para todas as horas. Eu estava arrebatada, fascinada por aquele jovem rapaz.

Nós nos víamos com a frequência que conseguíamos frequentar a igreja. Esse era o nosso ponto de encontro. Aos poucos, Elias foi assumindo o louvor no violão e eu cantava conforme uma escala que nossa coordenadora tinha feito. Depois do culto, saímos para fazer um lanche. Nas primeiras vezes com outros jovens e depois cada vez mais sozinhos.

Eu contava entusiasmada sobre as coisas que aprendia na faculdade, sobre os planos para o futuro. Queria muito fazer um mestrado. Falava também sobre a pesquisa que desenvolvia com o professor Aristeu, sobre a relação com minha mãe e a falta que ela me fazia. Elias era mais ouvinte, às vezes demonstrava certos ciúmes dos meus planos, tinha mania de ficar depreciando os resultados das nossas pesquisas e até me desmerecendo em relação a elas.

Elias falava de seu trabalho. Parecia gostar muito do que fazia na loja, mas nem tanto do trabalho como garçom. Eu entendia, já que era cansativo e sem nenhuma perspectiva futura.

As coisas entre nós ficavam cada dia mais íntimas. Fomos nos descobrindo pouco a pouco, em um carinho e outro. Trocar carícias assim com alguém não era tão comum para mim. Até tive alguns paqueras, mas sempre acabava terminando quando eles avançavam um pouco o sinal.

Com Elias foi diferente. Dele eu queria mais e mais.

Perdi a virgindade em um fim de sábado. Um dia de sol alaranjado e céu azul. Temperaturas amenas, com um teco de vento, confortável para usar sandálias e camisetas. As pernas dos jovens na rua à mostra. Os corpos mais à vontade. No grupo de jovens, os colegas chegavam um a um ou dois a dois para a reunião. Estávamos reunidos para iniciar o louvor. Cada um carregava sua própria história e, com ela, os genes herdados de seus pais e as cicatrizes que foram forjadas durante a infância ou a adolescência. Jovens com pais jovens ou, como eu, filhos de pais mais maduros, mas nem por isso com menos feridas. Eu tinha as minhas cicatrizes, meu luto, mas sentia-me um pouco mais motivada naqueles dias, pois Elias fazia meus olhos brilharem. Ele melhorava de alguma forma meus pensamentos. Os problemas familiares se dissipavam. Minha carne estava exigindo algo mais que eu não sabia o que era. Nunca tinha sentido aquilo.

— Vamos! — ele disse me pegando pela mão e puxando-me para fora do salão de reuniões.

— Não! — tentei resistir, pensando que deveríamos ficar ali para iniciar o louvor. Mas as palavras não saíram da minha boca exatamente como eu queria. Eu tinha urgência em ficar sozinha com Elias em algum lugar que não fosse aos olhos da igreja.

Não pensei que íamos muito longe, mas ele tinha planos bem definidos para nós. Juntos, de mãos dadas, embarcamos no primeiro ônibus que passou ao lado da igreja. Li ao alto o destino: era a Praia Brava.

Fiquei com certa preocupação, parecia que estava fazendo algo muito errado, pois Elias não conhecia minha família e nem eu a dele. Nos relacionávamos há pouco tempo. Menos de dois meses. Mesmo assim, meu coração achava ser tempo suficiente para me entregar ao primeiro homem da minha vida, o primeiro que fazia eu me sentir, que coisa estranha, mulher. Mas eu tinha medo de me arrepender, de não ser bom. Não tinha me preparado, não usava pílula, mas acreditava que ele tinha camisinha.

Elias passou o cartão do ônibus duas vezes e fez a vez com a mão para que eu passasse a catraca.

Parecia que todas as pessoas que estavam naquele ônibus estavam sabendo o que de errado nós estávamos prestes a fazer. Conseguimos lugar para sentar e Elias passou o braço por trás dos meus ombros. Senti o calor dos seus dedos longos encostarem na minha pele, braços, pescoço. Sentia que ficava cada vez mais umidificada, molhada entre minhas pernas. Fruto do gozo de me sentir desejada. Uma excitação quase dolorida. Eu, que sempre me achei à frente do meu tempo, não imaginava o quanto ficaria perturbada com uma situação que nunca achei que seria assim constrangedora, estar excitada no meio de tanta gente.

Não sentia o tempo passar. Nem me dava conta que era parte da distância que eu percorria todos os dias para ir até a faculdade que estávamos fazendo. Até que a campainha tocou.

Estava como que imersa em um sonho e num estalo fui devolvida à realidade. Realidade que, naquele instante e nos próximos que estariam por vir, nem parecia tão realidade. A dura realidade.

O pôr do sol estava próximo. Eram quase dezoito horas de um dezembro que entregava a promessa de ser o melhor de nossas vidas. No mínimo, da minha.

Percebi que descemos na extremidade norte da praia. Ponto onde, mesmo naquela época do ano, a faixa de areia era pouco movimentada.

Lembrei o último pôr do sol que eu tinha visto em uma visita à praia com os colegas da faculdade, na entrada da Praia do Atalaia, aqui mesmo em Itajaí. Um pouco antes do sol se esconder, a água foi palco de um reflexo lindo, brilhante e hipnotizante. Não houve quem não tivesse ficado boquiaberto com o evento. Mesmo nascida e crescida naquela cidade, eu nunca havia tido tempo de parar para contemplar o pôr do sol daquela forma. Com celular em mãos ou olhando diretamente para o horizonte, todos nós tentamos guardar aquele momento mágico.

Minha atenção logo se voltou à forma carinhosa como Elias afastava as alcinhas finas da blusa que eu usava. Meu cenário romântico de novela estava sendo desenhado.

Ele passou as mãos em meus cabelos e a língua em meu pescoço com desenvoltura. Mesmo arrepiada da cabeça aos pés, eu não conseguia deixar de olhar para os lados. Espiar para ver se não havia alguém nos olhando. Eu, tão vulnerável. Quando mesmo tinha sido a minha última alegria nos últimos meses?

Elias só largou os meus cabelos para tirar a camiseta azul com um desbotado da moda que ele usava. Como que hipnotizada, olhei aquele peito nu liso sem defeito algum. Como se tivesse sido depilado naquele dia. Ele tinha pensado em tudo previamente.

Sentia meus mamilos ficarem cada vez mais duros e, quanto mais duros ficavam, menos eu lembrava do pôr do sol ou das pessoas que pudessem estar em volta.

Elias entrelaçou as pernas entre as minhas. Quando me dei conta, estava com o corpo apoiado em uma embarcação pequena de madeira estacionada próxima à falésia. Ele, com os braços apoiados na madeira, já com o peito sobre o meu. O peso todo sobre meu corpo. O que nos separava era somente o top que eu usava. Mas assim que se deu conta de que tinha algo entre nós, Elias tratou de arrancá-lo. Cheguei a achar que ele o tinha rasgado. Fiquei pensando como eu voltaria para casa.

O meu jeans velho foi desabotoado. A calça removida sem cuidado algum, com a violência típica dos amantes experientes. Era o que eu pensava. Era como eu lia nos romances da coleção da mamãe: Julia, Bianca, Sabrina. Eu já estava sem as sandálias.

Elias, ainda mais feroz, tirou os seus tênis brancos, limpos, de couro. Arrancou a calça e não usava cuecas. Me fez sentir seu pênis, que em minhas mãos parecia latejar. Fiquei com medo do que veria. Mas assim que olhei percebi a vagina jorrar a mesma secreção de antes. Ainda mais pegajosa. Estava pronta para ser penetrada. De olhos fechados senti uma dor rigorosamente boa ao ter meus mamilos mordidos. Eu já estava na boca de Elias. Eu era de Elias. Meu corpo pertencia àquele que eu amava.

Ao mesmo tempo em que os mamilos eram mordidos, fui desbravada pelos dedos contorcionistas dele. Era a minha primeira vez. Gemi de dor e de amor. Eu não imaginava que ainda teria muito mais por vir, o que ainda viria, como viria. Eu era toda presente. Senti uma pressão intensa entre as entranhas. Achei que fosse morrer. Tinha esquecido de perguntar da camisinha.

Capítulo 7.

Agora aquela transa maravilhosa da nossa primeira vez era apenas uma lembrança desbotando com o tempo, mas ainda infelizmente vívida. Com filhos, tudo fica mais difícil.

Agora eu acordava sem precisar do despertador. Meu relógio interno não havia entendido que eu não tinha mais aquela rotina de acordar às cinco horas da madrugada, pegar dois ônibus e seguir até o outro lado da cidade para trabalhar no projeto das tartarugas.

Elias acordava cedo com a gente. Colocava água para esquentar e passava o café cujo cheiro recendia pela casa. Colocava as coisas da geladeira na nossa bancada, arrumando tudo nos seus devidos lugares, e sentava-se tentando sempre não se atrasar. A roupa continuava impecável, mesmo sem a ajuda de sua mãe. A mãe dele misteriosamente desapareceu e eu fui incumbida de substituí-la nas coisas que ela fazia. Nos finais de semana, quando Elias tinha algum tempo de folga, tentava ajudar, mas esses momentos foram também ficando escassos.

A menina despertava cedo e logo chorava. Eu a pegava no colo e, na maioria dos dias, ela se acalmava. Para a minha alegria. Mas, quando não se acalmava, as minhas preocupações ardiam.

Apesar de eu a estimular muito, a menina parecia surda. Quando queria alguma coisa só apontava. Não balbuciava como era o esperado para uma criança de 8 meses de idade. Cheguei a levar na médica do posto antes daquela confusão de pandemia, ela só dissera que as crianças tinham tempos diferentes.

Eu esperava ansiosa o tempo em que eu poderia voltar ao estágio e para a faculdade, ou até achar um outro trabalho mais formal para que eu não precisasse pedir dinheiro ao Elias até para comprar um absorvente e ainda escutar que estava gastando demais.

Quando eu soube da gravidez da menina, as poucas amigas da faculdade fizeram um pequeno chá de bebê para nós. Ganhei muitas roupinhas usadas e algumas novas. Como não sabia o sexo do bebê, o enxoval, bem modesto, foi feito de tudo o que ganhamos. Não importava se azul, rosa ou verde. Tudo era bem-vindo.

Agora a menina e eu quase não tínhamos roupas. Elias continuava bem arrumado por causa do trabalho.

Na igreja, a história da minha gestação não foi bem-vinda, mesmo eu e Elias não sendo mais dois adolescentes, estávamos os dois com 20 anos. O fato de termos tido uma relação sexual sem sermos casados não passou despercebido. Como se ninguém mais fizesse isso, fomos julgados e aos poucos as pessoas foram se afastando. Eu a cada dia fui ficando mais decepcionada com aquele povo, que se dizia temente a Deus. Fui convidada a não cantar mais e, depois de barriguda, a não frequentar mais o grupo de jovens. Será que a vinda de uma nova criança ao mundo ofendia a Deus tanto assim? Que tipo de Deus essas pessoas seguem que não lhes inspira a amar ao próximo nos momentos em que eles mais carecem, nem que seja porque cometeram um erro?

Eu tentava conseguir uma creche. Aquela seria a semana na qual eu visitaria uma.

— Você quer a vaga, mãe? — A atendente insistiu de maneira meio rude pelo telefone.

— Sim. Quero muito.

— Traga a menina amanhã sem falta, com uma troca de roupa e seis fraldas, para fazermos uma adaptação.

Elias não entendia a minha ânsia por voltar a trabalhar, mesmo queixando-se dos gastos da casa com bastante frequência. Mas não era só isso. Não tínhamos nenhuma rede de apoio e à medida que o tempo passava eu sentia mais falta de algum tempo para mim sem a menina, que me consumia demais.

A menina realmente parecia viver em um mundo à parte. Ao mesmo tempo em que fixava o olhar num brinquedo, chorava por algum ruído diferente. Não rolava, não engatinhava como era esperado para uma criança da sua idade. Tentava se erguer no sofá quando eu brincava com ela no chão. Em pé só ficava com ajuda, andava com as pontas dos dedos dos pés, segurando os meus dedos da mão.

Elias ralhava, as coisas da menina eram minha responsabilidade.

— Já que não está trabalhando, precisa ver essas coisas — ele insistia, parecendo que todo o trabalho da casa era invisível, como se eu não estivesse fazendo mais nada além de cuidar da menina. Eu me chateava, mas logo entendia o ponto de vista dele, que tinha hora para tudo. Encarava o tumulto da cidade para todos os dias aguentar as grosserias do seu patrão e aos finais de semana ainda os clientes chatos do restaurante para nos sustentar.

No final das contas, depois que a bebê nasceu, percebi que tivemos pouco tempo para nos conhecermos.

Capítulo 8.

Quando chegou o dia de levar a menina para a creche, fiquei animada, talvez tudo começasse a voltar novamente aos trilhos na minha vida. Enquanto arrumava as coisas da menina na sua mochilinha rosa, liguei a TV.

Conferi em voz alta: seis fraldas.

A minha vontade era que desse certo. O que escutei no noticiário, no entanto, me deixou perplexa. O repórter especulava que talvez nos próximos dias também seria decretada quarentena no Brasil, como em vários países do mundo. As pessoas precisariam se isolar em suas casas.

Mesmo estando abalada com a notícia, peguei a menina rápido. Ela chorou pelo movimento repentino. Eu já estava acostumada. Mentalmente me perguntei se levava um brinquedo, a naninha. A recepcionista da creche não havia falado nada disso. Fiquei achando uma pena a menina não ter pegado a chupeta, seria um consolo. Mas também seria mais um problema para mim quando ela fosse crescendo: precisa tirar o peito, a chupeta, a fralda.

Lembrava tanto dessas cobranças internas todas que não comentei com a recepcionista da creche que a menina ainda não tinha pegado a mamadeira direito. Estava levando o apetrecho cor-de-rosa com ursinhos, mas sabia que ela não gostava dele e que só queria o peito. Eu precisava muito dessa vaga, não podia mais esperar a menina resolver largar o meu peito como me exigiram lá trás quando tinha ido pedir essa vaga a primeira vez.

Será que isso se configurava como uma mentira ou poderia passar como um equívoco da minha parte não ter comentado? Talvez as professoras tivessem mais sorte que eu. Dizem que longe da mãe as crianças são diferentes.

Andei alguns quarteirões. As pernas doíam, os braços ardiam e a cabeça planejava! "Centro Municipal de Educação Infantil", li de longe. A menina se aquietou no colo brincando com o chaveiro da sua mochilinha rosa.

— Eu vim pra deixar ela — fui falando para a atendente.

— A sala é aquela ali — a atendente apontou a porta toda enfeitada de arco-íris feito de papel crepom.

Fui com a menina até a porta, a professora já veio ao nosso encontro.

— Pode me dar ela, mãe — a professora estendeu os braços. A menina virou o rosto e agarrou meu cabelo. A professora tentou pegar no braço dela. Ela gritou. Chorou como se estivesse morrendo. A professora se afastou, pegou uma pelúcia verde e tentou dar na mão dela. A menina fez voar a pelúcia e gritou novamente. Tentei colocá-la no chão. Um chão frio, com pisos velhos, mas muito limpos. A menina se agarrou nas minhas pernas e não parou de chorar.

A professora, vendo meu desespero, fez com a mão para que eu saísse da sala. Pensei em pegá-la e levá-la para casa. Desistir dessa história de voltar a estudar, trabalhar. Não queria deixar a menina. A professora insistiu. Devia saber o que estava fazendo.

Ela fechou a porta e eu fiquei desconsolada do lado de fora. A menina desconsolada do lado de dentro. Queria devolvê-la para minha barriga. Tentava olhar por entre as persianas da janela de blindex que dava pro corredor. Alguém fechou as persianas rapidamente e ela ainda chorava muito.

Fiquei sentada numa cadeira que a atendente com cara de quem não gostava de crianças me ofereceu para sentar. Naquele momento pensei na minha mãe e em como doía a saudade. Precisava de um abraço. De alguém que me falasse que estava tudo bem, que é assim mesmo, que as crianças se adaptam melhor do que nós adultos.

A atendente me ofereceu um copo d'água. A água estava quente. Senti o gosto salgado do meu choro se misturando no copo.

— Pode voltar às dezessete horas, mãe — ela disse, friamente.

Capítulo 9.

Do nada acabei descobrindo que Elias fumava. Não foi nada agradável fazer essa descoberta. Ele tinha entrado porta adentro como uma tempestade sem ao menos me notar, cumprimentar, ou perguntar da creche da menina. Seus dedos longos seguravam freneticamente um cigarro pela metade.

Meus olhos ensoparam-se. Nunca imaginei Elias como fumante. Meu estômago quase veio na boca. Que enjoo esquisito.

Queria contar para ele sobre a menina. Como eu fiquei arrasada de deixá-la chorando na creche. Mas não era nesse momento que eu faria isso. Parecia que ele estava preocupado com algo. Fiquei imaginando o motivo para ele estar em casa àquela hora.

Eu ia falar do cigarro dentro de casa, perguntar por que nunca me falou que fumava. Mas algo travou minha voz, o peito ficou apertado de um jeito que nunca tinha ficado. Eu me sentia uma mãe horrível por deixar minha filha chorando daquele jeito na creche. Eu achava que era egoísmo meu, não podia.

Enquanto Elias pegava algumas peças de roupa do armário, fiquei parada como uma estátua e só conseguia lembrar de meu pai Jorge me colocando para fora de casa no dia em que fui com Elias contar a ele sobre a gravidez da menina.

Eu tinha a chave da porta de trás de casa. Entrei como entrava todos os dias depois da faculdade. Mas não saí como de costume.

Cheguei acompanhada de Elias, depois de fazer um teste rápido de farmácia. Eu estava grávida.

Com cara de assustado, Elias tentou me confortar:

— Vamos falar com seu pai, vai ficar tudo bem. O nosso menino será um jogador de futebol, escreve aí.

Quando passei a chave na porta, meu pai estava sentado na poltrona como de costume, mas diferentemente dos outros dias, ele cheirava a álcool e algo remeteu às minhas piores memórias de tudo o que tínhamos passado com mamãe no último ano. Imaginei que ele pudesse estar naquele estado pelo luto, de tristeza.

Mas não dava para adiar. Acreditei que precisava fazer o certo e contar logo da gravidez, antes que a barriga crescesse. Ele nem conhecia Elias. Já até o imaginava dizendo "como assim grávida? Quem é esse cara que te engravidou?". Uma situação que me parecia muito ambígua para um pai: ver sua filha, menina, frágil, agora grávida, tomada por um homem estranho, mas também a sensação de alegria porque seria avô.

Foi bem pior. A sensação de alegria não veio.

Entrei devagar e Elias foi me seguindo pelo corredor. O rádio ligado em qualquer estação fazia barulho. Vi meu pai todo babado, dormindo jogado. Que vergonha. Achei sinceramente que não era de esperar muito dele:

— Pai, pai, acorda. Queria te apresentar meu namorado. Esse é o Elias.

— Que Elias? — De canto de olho meu pai já fazia eu me sentir uma traidora, mesmo sem eu ter contado nada ainda.

— Ele é meu namorado.

Elias parecia tentar manter a postura, mas estava se encolhendo por dentro. Dava para sentir na sua respiração.

— Que namorado? Que história é essa? Quem é que deu permissão pra você namorar? — Meu pai Jorge foi levantando-se.

— Sei que devia ter te contado antes, pai, mas não achei que precisasse pedir permissão — falei sem medir muito as palavras.

— Como tem coragem de me responder assim, menina? Minha única filha não tem consideração pelo pai?

Percebendo que as coisas não estavam boas, decidi contar logo o motivo que tinha nos levado até ali. Adiar poderia ser pior:

— Pai, precisamos te contar uma coisa muito especial — eu segui falando sobre a gestação e garanti que Elias assumiria o bebê.

Subitamente, num movimento só, meu pai esmurrou a mesinha de vidro que tínhamos na sala. Só me dei conta quando o estalo do vidro estourou reverberando nas paredes. A mão ensanguentada ele passou no rosto, limpando o sangue e o suor. Esbravejava:

— Filha minha? Isso você não é mais! Se manda daqui com esse sem vergonha! Sua vagabunda! Eu sabia que ia dar nisso essa história de ir pra faculdade, colocar essas coisas de gente estudada na cabeça. Essas desgraçadas dessas mulheres que se acham melhores do que os homens! Cadê elas pra te apoiar agora? Cadê tua mãe toda pra frente que te ajudou a colocar essas minhocas na cabeça de que mulher pode ser isso ou aquilo? Vamos ver se esse aí vai te aguentar!

Fiquei parada, perplexa, imóvel. O chão se abriu sob os meus pés e eu quis morrer pela primeira vez.

Quem era aquele homem que gritava comigo? Não era o pai que sempre me tratou com tanto carinho, que fazia barquinhos de papel, montava casinhas de bonecas com caixinhas de sapato ou que me ajudava a subir nas árvores.

Elias também não se mexeu. Não retrucou. Não falou das intenções comigo. A verdade é que me senti vazia. De mente, de alma. De coração, de família. Parecia que tudo tinha acabado. Que estava em um pesadelo onde eu não era mais amada por meus pais, uma história que não deveria ser minha. Acreditei sinceramente que meu pai não estava aguentando a solidão e tinha descontado na bebida.

Naquele dia, peguei minha mochila velha da faculdade e coloquei as poucas roupas que tinha. Juntei alguns porta-retratos de mamãe comigo no colo e coloquei numa sacolinha de mercado. Joguei a chave na mesa, enquanto o velho que um dia eu chamara de pai, com a mão sangrando, se contorcia de dor e ódio, tentando estancar o prejuízo de sua raiva.

— Vem cá — Elias me abraçou e eu soluçava as palavras que não conseguia falar para responder meu pai.

— Vamos dar um jeito.

Essas lembranças escapuliram no momento em que o telefone tocou e voltei para a minha realidade. A ligação era da creche. Elias já tinha saído e a casa estava uma bagunça.

— Você pode buscar ela, mãe?

Desliguei o telefone e chorei.

Capítulo 10.

Elias simplesmente não voltou para casa naquela noite. Nem na outra. Nem na semana seguinte.

Não sei em que momento me dei conta de que ele havia nos abandonado. Mas era fato: estávamos sozinhas no mundo, em meio a uma pandemia, sem minha mãe e meu pai e também sem ajuda externa. Tudo foi fechado e as pessoas precisavam se isolar para evitar o contágio. Nada de creche para minha salvação.

Lembro que nesse dia olhei ao redor e vi aquelas coisas todas espalhadas pelo chão e em cima do sofá. A TV ligada falando sozinha — poderia ser uma voz na minha própria cabeça. Pensei em desligá-la, mas tinha perdido o controle.

Cambaleava alguns passos e via ainda algumas roupas sem passar amparadas na cadeira esperando a dobra. Do outro lado da sala-copa, louça suja na mesa. Vestígios da janta da noite anterior. No escorredor, louças esperando para serem guardadas. No armário, poucas roupas haviam sobrado.

O pó subia à minha frente com as réstias da luz do sol que entrava por entre as cortinas como purpurinas dançando, confusas, na sala. Fazia tempo que já não tinha tanta disposição para limpar nada.

Em uma estante no final do corredor, dava para ver a única coisa que restava organizada na minha vida: os livros. Uma porção deles, todos fechados, sem marcações ou orelhas de burro. Enfileirados como se estivessem ainda na livraria. Vestígios dos sonhos e planos e certezas de uma outra vida.

Olhei-me no espelho pendurado na parede do quarto. Olhos fundos com bolsas proeminentes na parte inferior os engolindo, pálpebras entumecidas. Os meus cabelos sem um fio sequer no lugar.

Eu cheirava a leite, suor e lágrimas.

Me aproximei da janela. Estava no segundo andar. Olhei para baixo. Mesmo não sendo tão alto, fiquei um pouco tonta. Também olhei para o céu, que parecia ter sido pintado a óleo. Azul infinito, longe, muito longe. A contemplação me levava a outro lugar sem que eu precisasse sequer fazer o esforço de pensar, meu desejo era nos fazer voar dali. Despertei com o choro da menina, subitamente me lembrando de que não éramos pássaros.

Os dias como mãe continuaram a me consumir.

Eu sabia que ela devia estar comendo, além de mamar no peito. Mas minhas tentativas eram todas frustradas.

Tentava as frutas amassadas, ela cuspia com nojo. Parecia nojo de mim. O caldinho de feijão ficava mais nas roupas do que na boca. Eu queria era desistir. Ela que ficasse pendurada nas minhas tetas. Já não tinha vida. E nem é falta de amor. É falta de sono, de um banho demorado para tentar ao menos relaxar alguns minutos, de conseguir fazer cocô sem ter uma criança no colo.

Meu sentimento era querer que, só por um dia, Elias tivesse ficado com a menina tempo suficiente e fazendo algo que chamasse a atenção dela, para que eu conseguisse ficar sozinha. Mas ele não fez e não faria mais.

Me recordei dos últimos dias dele em casa, antes de ir embora, sempre no celular, imerso em jogos ou nas redes sociais. Só que eu não podia ter esses momentos para aliviar meu estresse. Se pegava o celular, a menina logo exigia atenção. E ainda tinha os olhos de Elias me condenando. Parecendo que eu estava sempre fazendo algo de errado.

E logo vinha a culpa. A culpa de algo que não tinha feito.

— Com quem tá falando aí?

— Ninguém. Só rolando as postagens do Face.

— Fica dando mau exemplo pra menina.

Mas isso era passado, a menina tinha tido algumas evoluções, já estava sentando sem apoio. Ficava horas enfileirando objetos parecidos. Eu ficava aliviada sabendo que ela aprendeu a brincar sozinha. Conseguia fazer algumas coisas da casa. Apesar de ainda perceber ela muito irritada. Mesmo sem o apoio da creche, eu me virava como podia.

Há 10 meses eu não sabia o que era tomar um banho decente ou receber um carinho de homem sem ser na correria de uma transa rápida. Só aprendi a conviver com um Elias que eu nem sabia que existia. Muito diferente do Elias que me deixou apaixonada. Aquele que, no dia seguinte à nossa primeira relação sexual, enviou flores na universidade, deixando todos entusiasmados com minha nova paixão. Uma relação que valia a pena. Um cara bacana, da igreja, que me aceitava do jeito que eu era. Tocava para eu cantar.

Mas desde que a menina nasceu, eu nunca mais tinha cantado. Elias até tentou que eu cantasse durante a gestação, dizia ser bom para a criança. Levou um violão emprestado da igreja e, quando dava um tempinho, ele me puxava para o sofá. Dedilhava um louvor e, mesmo que não estivéssemos mais indo à igreja como antes, agradecíamos a Deus pela família que estávamos tendo a oportunidade de formar.

Eu também não tinha mais as coxas grossas que as mulheres à minha volta tanto admiravam. Afinal de contas, onde estavam as mulheres à minha volta, a minha aldeia, já que é necessário uma aldeia inteira para educar uma criança, como li uma vez?

Capítulo 11.

As ligações que tentei fazer para Elias caíam na caixa postal. Se ele não tivesse levado as roupas, ia achar que havia morrido. Liguei no trabalho, na loja de ferragens:

— Elias?! — A pessoa que me atendeu parecia perplexa, como se eu fosse obrigada a saber. — Elias não trabalha aqui há mais de mês. Pediu a conta, dona. Quem quer saber?

Desliguei o telefone com meio pulmão para respirar. Uns pontinhos pretos ocuparam minhas vistas e eu achei que fosse desmaiar. Como assim havia pedido a conta há mais de um mês? Como não havia comentado nada comigo?

Queria ter perguntado o motivo pelo qual ele pediu (ou ganhou?) a conta. Se tinha motivo. Mas não consegui. A menina do meu lado brincava com uma bonequinha de plástico duro, jogou ela para longe e pareceu que, percebendo meu estado, ela deu os bracinhos para mim e se aninhou no meu colo. Senti naquele momento uma conexão diferente com a menina. Abracei-a:

— Minha filha, agora somos só nós duas.

Comecei a chorar copiosamente enquanto ela parecia me consolar. Lembrei a conexão que sempre tive com minha mãe. As tardes de folga fora da temporada, quando mamãe cozinhava coisas deliciosas para a gente comer. Lembrei o livro de receitas que, na correria do dia em que fui enxotada para fora de casa, eu me esqueci de pegar.

— É sua herança, filha — minha mãe dizia.

Ali estavam as receitas de uma vida. Da vida dela com sua própria mãe, mas também da vida dela como minha mãe. Pensei logo que comidas gostosas, feitas com carinho, são um bom jeito de estancar a dor. Pensei em procurar uma receita que minha mãe sempre fazia — ninhos de abelhas — da qual eu tinha na boca o sabor até hoje, era só puxar da memória. Mas, no momento em que desejei fazer esse carinho por mim e minha filha, eu me dei conta de que não tinha mais trigo, nem ovos. Na verdade, eu não tinha quase nada mais na geladeira ou nos armários.

Pedir emprestado dos vizinhos? Essa não era uma opção em um lugar onde as pessoas não se cumprimentavam e mal se suportavam. Antes já parecia que todos estávamos doentes, ninguém encostava em ninguém, sem apertos de mãos ou abraços como convém às pessoas que se gostam e respeitam, mas então, com a tal pandemia, ninguém sequer olhava para ninguém de vez. Foi uma boa justificativa para a cisão total daquela comunidade que nunca se formou de fato no nosso entorno.

Eu não tinha o telefone da mãe de Elias para saber se ele tinha dado notícias para ela, nem dos lugares onde ele fazia bico para ver se continuava indo. O apartamento onde ele tinha morado com o amigo ficava praticamente do outro lado da cidade.

Não tive escapatória, o jeito era ir recolhendo o que sobrou dos meus cacos e tentar buscar ajuda. Não adiantava esperar aquela loucura de coronavírus passar. Precisava ir à Assistência Social e passar na igreja, tentar alguma ajuda. Talvez na igreja soubessem do paradeiro de Elias. Pensei em ir procurar meu pai Jorge, mas ainda tinha a esperança de encontrar Elias, de ele voltar para casa.

Coloquei a menina no sling improvisado, pois não aguentava mais carregá-la no colo e, caminhando, fomos até a Assistência Social para ver como poderiam nos ajudar.

Uma fila de gente se acumulava na porta. Ali, já na entrada, havia vários recipientes de álcool em gel para as mãos e uma caixa cheia de máscaras no balcão para serem usadas por quem ainda não estivesse com a sua. Eu usava máscara no rosto e na alma, uma máscara que tentava esconder tanto a dor quanto o tamanho da minha vergonha por estar precisando de ajuda. O meu medo de sair de casa e a menina pegar a tal doença fatal tinha aumentado consideravelmente à medida que o mundo ia sendo devastado pela pandemia. Eu suava frio nos pés e nas mãos, enquanto a cabeça ardia em brasa. Aqueles pontos pretos insistiam em aparecer sempre que eu me abaixava ou levantava. Nos últimos dias estava muito enjoada. Devia ser dos nervos, que estavam à flor da pele.

Uma moça me atendeu e, depois de preencher um longo cadastro, por entre uma janelinha me disse que os auxílios em dinheiro demoravam em média 3 meses para serem liberados, mas que esperavam que esse tempo diminuísse devido à pandemia. Informou também que estava sem cesta básica no momento e ficou tão sem graça de me deixar sair com as mãos abanando de lá que acabou buscando duas latas de leite e um litro de óleo acomodados em uma sacolinha plástica que ela me entregou por uma porta lateral.

— Eu te ligo quando chegarem as cestas básicas — disse num tom alto o suficiente para que todos os que estavam na fila pudessem ouvir e não voltassem a questionar sobre o mesmo assunto.

Antes de sair de lá, ainda tentei ligar para o celular do Elias mais duas, três vezes. A ligação continuou caindo na caixa postal.

A igreja que frequentávamos ficava no mesmo quarteirão da Assistência Social, mas estava fechada. Um aviso em papel A4 dizia que não sabiam quando retornariam às atividades normais devido à pandemia de coronavírus.

Da minha lista secreta de medos, relembrei mais um: medo de não conseguir me sustentar. Medo de não ter emprego, de depender da sorte dos outros.

Meu desejo ali, lendo o bilhete na igreja, era que, como em um conto de fadas, um gênio me concedesse a realização de um pedido. Naquele momento, de fato, o meu primeiro desejo seria não ter nascido. Senti como se tivesse nascido só para sofrer. Parece que meu pior medo tinha se concretizado, como se eu não tivesse dado certo.

— Filha, todo mundo nasce para um propósito na vida — dizia minha mãe.

Eu cresci acreditando nisso. E em Deus. E nos planos dele para mim. Acontece que, quando me vi sem dinheiro para comprar papel higiênico, eu me dei conta de que ninguém dá papel higiênico. E, mesmo ganhando uma cesta básica, lá não há papel higiênico. Eu me dei conta de que na minha sacolinha havia duas latas de leite e um litro de óleo apenas. E eu estava sozinha com uma criança nas costas. Eu pensei em morrer. De novo. Foi a segunda vez.

Mas morrer seria solução? Eu nem sabia mais se Deus ainda existia, se ia ter compaixão de mim. E também nem morrer eu podia, pois tinha a menina para cuidar. A menina ficaria órfã de tudo. Só se morrêssemos as duas para terminar todo aquele sofrimento. Mas qual mãe teria coragem de matar o próprio filho?

Fui tirando a menina aos berros do sling e me vi chorando novamente. Fiquei me perguntando se todas as pessoas da minha idade sabem quanto custa um rolo de papel higiênico.

Voltei para casa andando, com o sol quente nas nossas cabeças. As pernas ardendo mais do que o normal, enquanto minhas tripas pareciam se enrolar dentro da barriga. Um gosto ruim me tomava a boca. A menina pendurada no colo como um macaquinho. Tão boazinha. Eu ia jogar fora a pouca comida que tinha ingerido pela manhã. Que enjoo, meu Deus.

Chegando em casa, fomos logo pro banheiro. A menina precisava se refrescar um pouco.

Ao dar um banho nela, fui pensando nas coisas que eu precisava providenciar. Eu precisava de um plano.

A menina até parecia que tinha entendido o que eu estava passando. Ela não falava nada ainda, mas passou a me olhar mais do que o normal naqueles últimos dias de correria, de estar sem Elias. Adormeceu silenciosamente após o banho, sem que eu precisasse dar o peito.

Eu pensei em deixá-la no sofá, mas coloquei no berço. Estava tomando banho quando lembrei que também não tinha dinheiro para pagar a conta de luz do próximo mês. Fiz os cálculos mentalmente e eu tinha duas semanas ainda. Enxuguei o cabelo me olhando no espelho e me desejando força. Pensei mais uma vez na minha mãe, no que ela faria se estivesse no meu lugar. Adormeci recostada na cabeceira da cama sem ao menos tirar a toalha molhada da cabeça.

Ao acordar, eu estava destruída, assustada. Fui conferir a hora no celular: seis da manhã. Elias não estava na cama. Já não tinha estado nas últimas noites.

Sem conseguir fazer mais nada, precisei correr para o banheiro e vomitar.

Quando voltei, a menina dormia pendurada na cama, pendendo para o lado, quase caindo. Eu me sentia desprezível por não ter pensado em colocar umas almofadas ou um travesseiro no chão do lado dela da cama para ela não cair agora que não tinha outra pessoa dormindo conosco. Eu não tinha nenhuma finura dessas que toda mãe deve ter para ser alguém que mereça respeito. Parecia estar enlouquecendo e, pior, imaginava estar grávida novamente.

Capítulo 12.

Ao escutar o telefone tocar, pensava sempre que pudesse ser Elias. A esperança ainda tinha deixado alguns vestígios na minha vida, depois de dois meses desde que ele havia saído pela porta da nossa casa sem nunca mais dar sinal.

Era do posto de saúde. Tinham agendado uma consulta online com um neurologista para avaliar a menina, mas para isso eu precisava ir até lá e a consulta era naquele mesmo dia. O único posto que estava atendendo ficava longe de casa. Eu precisaria cruzar a cidade para chegar.

A médica que nos acompanhava nas consultas de rotina havia solicitado a avaliação de um especialista por conta das minhas queixas todas em relação à menina no decorrer do acompanhamento. Eu nem questionei, mesmo ela não tendo me dito que tinha pedido a avaliação do especialista. Fiquei em dúvida se falava no telefone que a menina agora já estava bem melhor. Talvez era eu que já estava mais acostumada a ser a mãe dela.

Mas ela também ainda chorava muito quando entrava em crise por mínimos ruídos, jogava-se no chão e às vezes o que eu fazia era chorar com ela, deitar no chão também até a crise passar. Era melhor ir de uma vez a essa consulta e saber se tinha alguma coisa de errado com ela.

Precisava dar alguma coisa para a menina comer e trocarmos de roupa rapidamente para irmos até o posto. A realidade já estava batendo à nossa porta. O aluguel atrasado. Com ele, as outras contas que estavam incutidas no condomínio que eu também não estava conseguindo pagar. Quarentena decretada, máscaras nas caras. A dona da quitinete me olhava com pena quando despropositadamente nos cruzávamos na porta de nossas casas.

Não era bom ser olhada assim. Eu, que nunca precisei de favor de ninguém. Nem de médico para nascer, como contava minha mãe. Doía dentro da carne as coisas todas saindo do controle — se é que algum dia eu tive controle sobre alguma coisa. Eu nem tinha planejado a gravidez da menina, muito menos engravidar essa segunda vez, agora sem um marido ou alguém para me acompanhar e auxiliar. Só conseguia pensar nessa pílula de merda que me deram. Deveria ajudar a não engravidar enquanto eu estivesse dando de mamar para a menina. O que não me falaram, ou falaram e eu não prestei atenção, é que funcionaria apenas por seis meses, após isso era necessário um contraceptivo mais forte. A menina já beirava um ano. Já não mamava exclusivamente no peito.

O pior talvez ainda estivesse por vir. Um marido que não volta para casa. Uma casa com uma mulher barriguda, que tudo indicava estar grávida. As pessoas no entorno se perguntando se esse filho era de outro. Se teria sido esse o motivo para o homem não voltar mais para casa.

Eu sabia que não.

A menina sapateava de um lado para outro dentro do guarda-roupa aberto. Brincava de enfileirar os cabides. Eu andava fraca, tonta. E mais tonta, sem ter onde me segurar, em meio à solidão de uma mãe desastrada, destreinada talvez e desavisada, nem vi quando ela pendurou-se na segunda prateleira do guarda-roupa tentando escalar para o maleiro que bambeou para frente e para trás, deixando cair uma pasta de plástico incolor. Juntei a pasta do chão e, sem mais prestar atenção na menina para verificar se estava machucada (depois vi que estava) limpei a poeira com a mão e abri a pasta com pressa e esperança, pois poderia ter algo que me levasse ao paradeiro de Elias.

Eram vários documentos.

Revisei para ver se encontrava alguma coisa importante. Nada. Mas havia ali algumas cartas. Fui abrindo uma a uma. Esqueci a menina por alguns instantes quando li a primeira carta, surrada, quase derretida pelo descuido do tempo, e identifiquei a data e quem assinava:

Dezembro de 1998

Elias,

Foi esse o nome que te dei. Foi uma homenagem e também uma prece.

Achei muito lindo o que li por esses dias, antes de você nascer, num jornal recolhido pra reciclagem, o que um cara chamado Noberto Elias estava dizendo por aí. Eu copiei em um pedaço de papel que levava comigo e que agora uso isso pra escrever esse bilhete pra você. Não sei se copiei o nome certo, era um nome diferente. Não sei se o jornal não errou também, mas sei que me tocou no coração.

Escreveram que ele tinha dito que no ser humano estariam presentes características biológicas que possibilitam aprender com a experiência e transmitir os conhecimentos adquiridos às novas gerações. Achei bonita a ideia.

É o que eu desejo a você, que não repita os meus erros. Será que consigo transmitir isso pelos meus genes? Por isso decidi que seria bom você levar o nome dele e talvez te desse sorte pra que você nunca repetisse a mesma vida que eu estou levando.

O conselho tutelar hoje veio te levar de mim e eu decidi te entregar. Me sinto destruída, impotente. Não consigo mais lutar pra deixar esse vício e as ruas. Mas com você junto não tem jeito. Às vezes estou bem, lúcida como agora, e lembro que sou uma mulher esperta, inteligente. Mas em outras horas nem eu me reconheço e nem tudo o que eu faço é escolha minha.

Vou tomar a decisão mais difícil da minha vida. Pensei em explicar meus motivos, mas acredito que ninguém entenderia. Eu choro bastante. Peço a Deus que acalme minha mente e meu coração mas acho que Deus não me escuta mais. Talvez sejam esses meus pensamentos já afetados. Talvez Deus tenha perdido a paciência comigo, talvez Deus jamais me perdoe. Talvez eu também não me perdoe. Vou ser julgada, eu sei, mas é a única coisa a ser feita.

Espero que um dia você possa me perdoar!

Sua mãe

Ainda em choque, escutei o alarme do celular tocar. Era o horário da consulta da menina e nós já estávamos atrasadas. Passei o ralado da mão dela embaixo da água, com ela meio a contragosto e chorando muito. Sequei e fomos.

Capítulo 13.

Tomamos dois ônibus completamente vazios. Estavam passando somente de duas em duas horas, pois a frota estava reduzida, e chegamos atrasadas. A menina tinha ido no colo o tempo todo. Cheguei com os braços dormentes. Ela chorando de irritação, eu com uma água que escorria pelos olhos, que não era de choro, mas raiva e enjoo.

Como era uma consulta online, fomos recepcionadas e logo encaminhadas para um consultório privativo. A consulta deveria ser rápida para não ficarmos muito tempo naquele ambiente fechado. Uma sala minúscula, sem ventilação, com uma única mesa branca e duas cadeiras. A menina ficou sentada no meu colo enquanto a enfermeira tentava conectar a tela do computador ao WhatsApp.

A conexão da internet não era boa e isso me causava muita ansiedade. Comecei a mexer as pernas freneticamente enquanto a menina queria sair pulando dali.

A enfermeira distribuiu uma porção de folhas de papel e canetinhas para a menina no chão. Mas ela pouco se interessou e continuou brincando com meus dedos.

O médico perguntou a idade para confirmar:

— Ela tem um ano, certo, mãe? — Continuando a ler em anotações, não olhou para nós. Se tivesse olhado, talvez perceberia coisas diferentes e não precisaria perguntar tanto.

— Mãe, ela já senta sem apoio?

— Sim.

— Mãe, ela se levanta se agarrando nas coisas?

— Sim.

— Mãe, ela leva a colher até a boca e bebe líquidos no copo aberto?

— Não.

— Mãe, ela emite sons com a boca? Diz algo que se possa significar papai ou mamãe?

— Não. — Eu tentei contar um pouco sobre eu achar que ela parecia surda, mas o médico não me deu bola, continuou mecanicamente a fazer mais e mais perguntas.

— Mãe, ela faz tchau com a mão para outras pessoas?

— Acho que não — respondi, sem ter certeza, pois não tínhamos pessoas para ela dar tchau.

— Mãe, ela responde olhando na direção quando é chamada pelo nome?

— Não.

— Ela interage nas brincadeiras com outras crianças ou adultos? Brinca bem sozinha? Como são as brincadeiras de que ela gosta?

Por um instante tinha me perdido nos questionamentos do médico e, olhando para a menina, eu me dei conta de que estávamos isoladas. Eu estava adoecida de solidão e a menina também. Talvez fosse por isso que ela não estava se desenvolvendo direito.

A enfermeira me cutucou, chamando minha atenção para a consulta médica. Tinha percebido que eu já não estava mais prestando atenção.

— Mãezinha, está quase acabando. Falta você responder se ela brinca sozinha e como são essas brincadeiras e comentar um pouco sobre o sono.

Respirei fundo. Nunca tinha imaginado que seria assim tão difícil falar sobre a menina e as suas dificuldades. Era como se eu estivesse falando de mim, das coisas que eu não estava conseguindo que ela fizesse.

— Doutor, minha filha parece surda.

— Surda? — Pareceu que neste momento ele prestou atenção verdadeiramente em mim e na menina.

— Sim. Parece que vive em outro mundo. Mas também acho que ela é muito concentrada nas brincadeiras. Quando pega um brinquedo não solta mais. Fica ali entretida. Não adianta chamar sua atenção para outras coisas. Assim também com a televisão. Eu fico confusa. Às vezes acho que é muito inteligente e concentrada, mas daí tem a parte que quase não interage.

— Quem mora na casa?

— Somos só eu e ela e, por causa da pandemia, não consegui colocá-la na creche. Acho que seria bom para ela estar interagindo com outras crianças e pessoas, que não eu. Às vezes eu acho que ela não gosta de mim, chora muito, de forma muito irritada quando eu encosto nela e ela não quer ou se ela sente diferença de temperatura. Também se irrita muito quando vou trocar de roupa nela. Meio que sempre foi assim. Foi difícil desde o começo. Mas agora se joga no chão e eu não sei o que fazer. Ela não me olha.

— Mãe, deixa eu te dizer. Acredito que sua filha tenha Transtorno do Espectro Autista, que chamamos de TEA. Mas de certa forma parece cedo fazer o diagnóstico, apesar de ela ter características bem marcantes. O diagnóstico e a intervenção precoces são cruciais para melhores resultados a longo prazo e ela se tornar uma pessoa independente, pois a neuroplasticidade cerebral favorece a eficácia das intervenções precoces.

Me sentia em inquérito policial para medir minha capacidade de ser mãe.

Pensava que nada mais poderia dar errado na nossa vida.

— Vamos encaminhar para a equipe multidisciplinar para ajudá-la com sua filha. Vou receitar um calmante aqui para os momentos de crise e vamos acompanhando.

Não tive muita coragem de perguntar nada, o que era exatamente aquele tal de TEA, para ele não me achar burra, mas recorri ao Google logo na sala de espera e já fiquei totalmente sem ar.

Não que eu nunca tivesse imaginado que a menina pudesse ter aquela "síndrome", que ela fosse autista. É que entre imaginar e ter essa hipótese falada pela voz de um médico existia um abismo que poucos conseguem alcançar no coração de uma mãe. Naquele dia tive a sorte, ou foi mesmo Deus que tinha colocado no meu caminho, de ter ali aquela enfermeira que logo me perguntou:

— Mãe, você entendeu o que o doutor te explicou?

Eu estava muito estressada, os pensamentos muito confusos, sentia um calorão tomando meu rosto. Eu já não era a jovem educada, aquela que media as palavras, como minha mãe tinha me ensinado a ser. Eu era um caldeirão de hormônios falando por mim.

Primeiro o médico havia desligado a chamada de vídeo sem ao menos esperar que eu respirasse aquilo que ele estava me falando. A menina agitava-se do meu lado, tocando em tudo ao nosso redor. Some-se a isso o medo da contaminação, os avisos nas paredes: "não encoste no bebedouro para tomar água!", "não entre sem usar máscara!", "evite aglomeração em lugares públicos", não...não...não...mãe...mãe...mãe...

Aquelas palavras começaram a ecoar dentro de mim como se fossem vozes inconscientes que se cruzavam e se espremiam, expandiam e corriam depois voltavam.

— Mãe, você está ouvindo? — ela disse.

— Mãe? — a enfermeira repetiu.

Meio delirante, bradei:

— Não me chame de mãe!

Um estranhamento tomou conta dos meus pensamentos. Eu tinha uma filha que não me chamava de mãe, eu tinha uma outra criança crescendo dentro de mim que talvez também não me chamaria de mãe.

Fiquei pensando por que chamavam a gente de mãezinha. Mãe para lá, mãe para cá. E se eu não quiser ser mãe dessa criança que esperava?

Mãe, mãe, mãe. Às vezes até eu mesma me esquecia de que tinha um nome. Tinha perdido a identidade.

Quem estava por perto escutou o meu grito, que, apesar de estridente, foi abafado mais uma vez. O que antes era abafado pela cultura da maternidade romântica, de amar infinitamente o filho sem poder reclamar, agora era abafado pela máscara de tecido barato com elástico apertado.

Caí em prantos. A enfermeira se aproximou e me abraçou ternamente como se fosse minha mãe.

E como a minha mãezinha fazia falta! Os dois últimos anos foram de luto e descobertas. Jamais esquecerei minha mãezinha me fazendo prometer no seu leito de morte que cuidaria do pai, que seria uma boa moça de fé.

Se mamãe soubesse tudo o que se passaria adiante, ela certamente teria me levado com ela. Se soubesse como foi o velório dela, como tentei ser forte e arrumar a casa para receber seu corpo sem vida. Como chorei colocando o seu vestido preferido e passando um pouco da loção de que ela gostava. Ela que nunca gostou de me ver sofrer. Mesmo se fosse por coisa boba. Sentava-se comigo no quarto, colocava meu corpo frágil no seu colo e dizia:

— Diga o que houve, filha. A mãe pode ajudar?

Naquele dia foi a enfermeira que me explicou como funcionava o transtorno do espectro autista, quais seriam os exames que a menina teria que fazer dali por diante. Que começariam as terapias online com fonoaudiólogo e terapeuta ocupacional. Que os exames complementares que ela precisava fazer estavam temporariamente cancelados por causa da pandemia. Ela foi deslizando pelo tempo e nos contando sem rodeios, mas de forma amorosa, como seria nossa vida depois de saber o que a menina tinha.

Fiquei lembrando de tudo o que desejei para minha vida. Das conversas que tive com minha mãe sobre planejamento familiar. Lembrei das tantas vezes em que me imaginei mãe já mais madura, dando aulas na universidade ou trabalhando em um grande projeto de biologia marinha. Queria poder ter alguém para me ajudar a cuidar do meu filho, poder ter tempo de qualidade para brincar com ele. Imaginava qual seria o nome caso fosse menina e com que roupa eu a vestiria. As aulas de balé que eu não pude fazer na infância... os laços de cabelo, faríamos uma coleção deles! Dar as bonecas mais lindas, com uma casinha comprada na loja e não uma feita com caixas de papelão como meu pai fazia.

Tudo bem, devo reconhecer que ele sempre foi empenhado em fazer brinquedos para mim. Tambor de latas, chocalho de conchas. Talvez daí venha a minha veia artística para a música. Brincávamos de corda, pega-pega e esconde-esconde. Meu pai Jorge tinha fôlego para brincadeiras com criança. Tinha uma música para cada brincadeira, para cada estação do ano e para cada emoção que via nos meus olhos.

Eu imaginava que, quando tivesse filhos, os avós seriam presentes. Mas o destino prega algumas peças. Ou é a gente que tece o caminho torto?

Na verdade, eu queria ter dois filhos, um casal. Pro menino eu já tinha até nome: Lucas. O nome do momento. Ele faria futebol, inglês e xadrez.

E quando a gente imagina que vai ter um filho com algum tipo de deficiência, doença ou limitação? Quando matam nosso filho idealizado, o que fazer? Perde-se o chão e logo vem a culpa de pensar o que fizemos de errado na gestação, na vida toda. Se era castigo ou coisa parecida. As mulheres mais velhas da aldeia de pesqueiros do meu pai Jorge diziam que era a cruz que cada um tinha que carregar.

Lembrei de ter ficado muda por um tempo na sala de espera depois do grito. Suei e logo depois acordei numa maca em uma das salas do posto de saúde. Não tinha quase ninguém lá, talvez meia dúzia de gente mantida do lado de fora, tossindo. Do meu lado, o anjo que vestia branco e minha menina brincando com um balão feito de luva onde estava desenhado um sorriso de canetinha preta.

— O que houve comigo? — Fui levantando, assustada.

— Você desmaiou. Acho que não está se alimentando bem. Está pálida. Tentei achar um telefone para chamar algum familiar seu, mas não encontrei o número.

— Não tenho ninguém, moça, e acho que estou grávida — falei o que nem mesmo eu acreditava. Ou acreditava.

No meio daquele turbilhão de emoções, não sabia como consegui ser tão sincera com a moça da enfermagem. A necessidade fez com que eu aprendesse a pedir ajuda. Eu contei dos enjoos, das últimas relações sexuais. Contei do sumiço de Elias.

Ela me ofereceu um pouco de água e foi até a sala ao lado.

Não demorou nada e voltou com um teste rápido de gravidez.

— Vá até o banheiro e faça xixi nesse potinho, insira essa tira dentro do xixi e me traga aqui.

— E a menina? — Logo me preocupei vendo que ela estava um pouco inquieta.

— Deixa ela aqui comigo. Ela não está incomodando.

Acho que, desde que tive a menina, há quase um ano, ninguém tinha se oferecido para ficar com ela até aquele momento. Nem eu mesma nunca tinha pensado nela não incomodando.

Voltei do banheiro com um presságio ruim.

Uma, duas listrinhas vermelhas. O resultado era positivo. Eu estava realmente grávida. Grávida e sozinha, no meio de uma pandemia.

Ergui as mãos para o céu em um gesto de esperança e desespero ao mesmo tempo. Precisei falar tudo o que estava guardando no fundo das minhas desconfianças.

— Nas minhas contas, moça, devo estar de uns quatro ou cinco meses. Como eu estava amamentando a menina, a menstruação não estava vindo regulada.

— Às vezes pode acontecer de você estar grávida e a menstruação continuar vindo. Em média, quinze a vinte e cinco por cento das mulheres têm sangramentos no início da gravidez. Ele é um pouco diferente, mas você pode ter se confundido.

— E agora, o que vou fazer?

— No Brasil, a lei só permite o aborto realizado para salvar a vida da gestante e nos casos de gravidez resultante de estupro. Não foi o seu caso, né?

Não, esse não tinha sido o meu caso. Eu também não tinha pensado em aborto. Estava é pensando em como conseguiria me manter viva para cuidar dessas duas crianças.

— Não é isso, moça, é que estou sem nenhum rendimento desde que meu marido saiu de casa. Estou cozinhando graças a algumas doações e as coisas que ainda tinha em casa. Já fui na Assistência Social. Mas agora, com a pandemia, parece que todo mundo está precisando. Tinha uma fila sem fim lá e a atendente me disse que não sabia ao certo quanto tempo levaria para vir algum recurso.

— Tem sido difícil mesmo. Todo mundo perdendo o emprego.

Eu só queria que ela me dissesse o que fazer naquele momento. Uma fórmula mágica. Qualquer coisa. Metade do rosto coberto pela máscara que todos eram obrigados a usar, ela tentava sorrir pelos olhos de uma forma terna e esperançosa, mas a sentença estava dada.

— Não estamos atendendo todas as gestantes aqui por causa da pandemia. Principalmente porque, como no seu caso é início de pré-natal, precisamos que você faça exames de sangue e ultrassonografia. Não consigo isso hoje aqui.

Silenciei por alguns instantes, mas por dentro as vozes voltavam a me atordoar. Queria gritar e pedir socorro quando ela continuou:

— E, sobre a menina, ela é linda e o diagnóstico do autismo não é uma condenação. O mais difícil é quando os pais negam. Mas você veio em busca de ajuda e vamos ajudar. Vai ser preciso que você se organize para ajudá-la nas atividades que os terapeutas vão requerer, principalmente porque, enquanto estiver tudo fechado, os profissionais atenderão de forma online. Você tem acesso à internet em casa, não tem?

Respondi que sim com a cabeça, mas na verdade não sabia até quando teria.

Ela continuou:

— E quando você vier no posto, tem alguém pra deixar a menina? Não é bom criança tão pequena ficar saindo de casa com risco de pegar esse vírus.

Sem muito me deixar responder, foi completando:

— Vou entrar em contato com a assistente social da saúde e pedir pra ela te ligar. Assim você vai poder tirar suas dúvidas e quem sabe ela possa te ajudar. Eu não sei como andam essas coisas de benefícios e cestas básicas.

A moça me deu o papel com a marcação da minha próxima consulta e um número de emergência, caso eu passasse mal. Certificou-se de que eu estava bem para ir embora. Eu disse que já estava bem. Na verdade, não estava.

Capítulo 14.

Tive dois dias inteiros para pensar o que não deveria fazer, porque planos de como eu resolveria a situação eu não tinha nenhum. O sol teimava em aparecer lá fora, mas dentro de mim eu era uma mulher endurecida, gelada. Naquela manhã, a vizinha deixou na nossa porta um pedaço de bolo quente de fubá. Nem pensei se o prato poderia ter algum tipo de contaminação. Quando ela bateu na porta, corri para abrir e, ao ver aquele prato com algo tão gostoso, fui logo devorando o que podia.

Cortei dois pedaços, um para a menina e outro para mim. Apesar de enjoada, não poderia deixar de me alimentar. Nem que saísse tudo depois. Tinha um ser crescendo na minha barriga. O quanto fosse possível, eu precisava cuidar de mim e dessa criança.

A menina aceitou comer sem problema. Não estava mais tão seletiva depois que havia reduzido a frequência com que mamava no peito.

Decidi sair de casa com ela para espairecer a cabeça, mesmo sendo contra as recomendações da Vigilância Sanitária e dos especialistas em pandemias. Calcei sua sapatilha rosa, ela pareceu contente. Essa menina, a minha menina, até se parecia um pouco comigo, mas não tinha laço no cabelo, porque não me deixava penteá-la. Também não tinha as bonecas caras que eu nunca tive. Tinha os olhos de jabuticaba de Elias, que ficavam ainda mais brilhantes ao sol e talvez a alegria de sair de casa também ajudasse a aumentar sua beleza. Ela me fazia lembrar dele o tempo todo. E dos nossos planos e dos carinhos que trocávamos. Do amor que parecia o mais forte do mundo.

A menina já não tinha o pai, mas tinha uma mãe que teve infância. Mesmo que algumas vezes essa infância tenha sido transpassada pelas preocupações dos adultos e da ideia persistente de não dar trabalho à sua própria mãe, que já tinha tanto trabalho, mas sabia a importância de sair com ela, de brincar. A menina não tinha culpa de o mundo estar de cabeça para baixo.

Coloquei a menina sentada no chão do parquinho que ficava do outro lado da rua de casa. As pedrinhas misturadas com areia pareciam incomodá-la.

No parque, encontramos uma fita larga amarela passada em volta dos brinquedos para que as pessoas não os utilizassem. Desconsiderei as normas e a coloquei para depois da fita. Ela se apoiou no balanço e fez com as mãos que queria subir. Coloquei ela no assento, fechei o cinto e lembrei de meu pai Jorge e do balanço da nossa casa na beira-mar.

Eu amava ir muito alto. Sempre pedia para ir mais e mais. O vento batia no meu rostinho e eu olhava para o infinito do desenho que as nuvens faziam no céu. Eu era tão feliz. Será que era mesmo ou estava só romantizando uma infância perdida pelo trabalho infantil indireto na temporada?

Naquele momento, eu não estava com disposição para embalar a menina tão alto quanto eu gostaria. Tão alto quanto eu imaginava que ela pudesse gostar. Ela logo quis descer. Pediu com as mãos para subir no escorregador. Quando estava lá em cima, olhou para mim de forma demorada, como se estivesse pedindo permissão para ser feliz. Não pude conter meu rosto fechado pelas amarguras das coisas todas que eu estava passando. Ela nunca me olhava nos olhos. Então percebi, soltando-se do meu rosto, um sorriso de quem tinha se lembrado que um dia foi criança também. De uma época na qual não precisava pensar em como conseguir o que dar de comer para uma filha e nem o que fazer quando a nova barriga se esvaziasse de um outro filho.

Tentei ir de mãos dadas com ela de ponta a ponta no parquinho. Ela estava firme e soltou-se da minha mão. Deu alguns passinhos em direção à grama, caiu tão leve quanto caem os anjos, levantou-se sozinha e deu mais alguns passos. Enfim uma vitória, os seus pés de bailarina agora caminhavam sozinhos. Eu não era uma mãe tão ruim assim. A menina estava andando.

Capítulo 15.

A minha consulta era à tarde. O posto de saúde no qual ela seria atendida era longe. Entupi a menina com mais um pedaço de bolo, porque só tinha arroz para cozinhar e a indisposição não me deixava acender o fogão.

Pegamos o ônibus na quadra de baixo de casa e seguimos até o ponto final que nos deixaria na orla. Da orla, teríamos que pegar mais um ônibus. Decidi que iríamos a pé pela praia. Nos quase doze meses de nascimento da menina eu nunca a tinha levado para a praia. Logo eu, que amava tanto a água salgada gelada batendo nos pés quentes. Nosso litoral frio do sul do Brasil.

A menina ficou encantada. Não sabia direito para onde olhava. Achei que pudesse estranhar o barulho do mar. Mas, da mesma forma que acontecia quando chovia, ela parecia anestesiada. Foi se acalmando. Fomos caminhando e eu distraída nem me dei conta do quanto andamos. Aquela praia, que em dias normais estaria lotada de gente, estava deserta. Uma solidão invadiu o meu peito. As pintas pretas ameaçaram surgir nas minhas vistas novamente, mas respirei fundo e passou. Estávamos quase em frente à casa onde morei com meus pais.

A casa parecia abandonada. Pensei em bater e falar com meu pai para pedir ajuda. Talvez deixar a menina para sempre com ele.

Percebi uma placa de vende-se. Era um pedaço retangular de madeira pintado de branco, com uma escrita à mão em vermelho, pregado na lateral que dava para a rua. Minha salvação não viria. Um desespero havia me tomado os pulmões, a coluna. Enfraqueci de repente. O que teria acontecido com meu pai Jorge?

Eu estava sozinha na vida.

Pensava que a menina era companhia e que eu deveria estar agradecida. Mas ela não falava comigo. Eu não era a mãe que minha mãe era. Eu não era a mãe que eu sempre imaginei ser.

Enquanto ela se distraía com as ondas e com as conchas na areia da praia nos movimentos de andar e sentar, cair e levantar, eu só conseguia olhar para o flamboiã ali na frente da casa. Algumas partes ocas, como eu costumava reproduzir nos desenhos da escola. Via algumas abelhas dançando próximas das flores. Mas também via o balanço velho que meu pai havia feito anos antes, pendurado só de um lado por um pedaço de corda. O balanço que eu usei durante toda a infância agora era uma ideia na cabeça. E como eu poderia tornar essa vida tão pesada mais leve? Desaparecendo. Dormindo para sempre. Se é que esse sempre não me despertaria para outra realidade. Uma corda. A solução.

A menina continuou brincando enquanto o meu pensamento se perdeu entre a vegetação e a praia. Seguiam as abelhas pelo vão oco do tronco da árvore da minha infância tão espetacular, frondosa, tão bem enraizada. Por que não chamamos as colmeias de ninho como era o nome do doce que eu não consegui fazer? As abelhas estavam muito mais bem organizadas em sociedade do que nós. Podiam criar os seus filhotes e os de todas as outras abelhas. Não é à toa que receber a visita de uma abelha é sinônimo de fertilidade e justiça. Elas eram um exemplo de procriação.

Eu era ninho novamente, mas não tinha uma colmeia.

Lembrei das tartarugas do antigo projeto — aquele do qual eu participava com o professor Aristeu — e da independência de alguns filhotes depois que nasciam. Por que a menina não poderia ser assim também, independente?

Eu tinha medo de que meus pensamentos fossem antinaturais. Que eu fosse um monstro. Mas não estava certo me julgar assim. Por que eu não poderia ser como a mãe de Elias? Simplesmente escrever um bilhete e deixar ali com a menina e sua mochilinha cor-de-rosa. Certamente alguém iria acolhê-la. Ou ela se viraria e iria para o mar como as tartarugas logo depois da eclosão dos ovos. Independentes.

Se fosse julgar assim, a natureza estava cheia de mães ruins, que desaparecem. As focas abandonam seus filhotes. Os cucos deixam os ovos nos ninhos de outros passarinhos e fogem. Para várias espécies animais é natural comer os próprios filhotes. Pensando na mãe de Elias de novo, cheguei à conclusão de que muitas mães vão embora. Por que é tão difícil para mim pensar em querer me separar da menina? Aceitar que eu também queira ir embora dali, daquela situação?

Capítulo 16.

A mesma moça, a enfermeira que me atendeu no outro dia, coincidentemente estava ali. O mesmo anjo que explicou com carinho o diagnóstico da menina, que brincou com ela enquanto eu estava desmaiada. Ela me chamou para dentro de um consultório.

Deu para a menina um pedaço de massinha de modelar e foi calçando luvas e pedindo para que eu alcançasse o braço para a coleta de sangue. A menina magicamente obedeceu, sentou-se próxima a nós e ficou entretida virando a massinha nas mãos e pelo chão, reconhecendo-a em toda a sua textura, cor e cheiro.

Eu era boa de veia e logo a coleta estava finalizada. Tive um momento de felicidade por estar passando por aquilo rapidamente e sem dor.

A enfermeira aproximou-se de mim com uma espécie de ultrassom portátil, eu nunca tinha visto um daqueles. Colocou gel na ponta do aparelho e ali mesmo, sentada, eu logo pude escutar os batimentos cardíacos do bebê.

Diferente da gravidez da menina, dessa vez não me emocionei. Estava congelada, minhas emoções tinham se dissipado.

— Olha ali, mãe, na tela! Não vai dar pra ver o sexo hoje, mas consigo ver que está se desenvolvendo de forma saudável.

Olhei para onde ela apontava. Era um monitor pendurado na parede.

— Pelas medidas do bebê, você está de 27 semanas aproximadamente.

Fiz meus cálculos mentais, eram seis meses de gestação e não dava para notar. Minha barriga estava muito pequena ainda. Ou era eu que ainda estava um pouco fora do peso depois parir a menina e nem tinha me dado conta das mudanças no meu próprio corpo. Fiquei tentando lembrar qual teria sido a última vez que eu tinha me olhado no espelho de corpo inteiro.

A enfermeira secou o gel da minha barriga. Arrumou todas as coisas que tinha utilizado em cima de um balcão lateral. Pegou sua prancheta e começou a fazer uma série de questionamentos:

— Tem doenças na família?

Tentei ser forte novamente, mas logo mamãe veio em minha mente e trouxe com ela a lembrança de todo o sofrimento daqueles últimos anos da sua vida. Estava desenganada por uma doença da qual as pessoas não tinham nem coragem de dizer o nome e que ela não teve chance de tratar, pois, quando descobriu, já estava em estágio avançado.

Engoli aquelas lembranças quase engasgando e disse, com a voz trêmula:

— Câncer.

— Câncer de quê?

— Na vagina.

Então o dia em que mamãe contou em casa que acreditava estar com uma doença grave veio à minha mente, detalhe por detalhe. Ela me contara que já há alguns anos vinha sentindo muitas dores para ter relações com meu pai Jorge, mas que não tinha como falar para ele. Depois das relações, mamãe sangrava, mas achava normal por não estar muito lubrificada.

— Mas, mamãe, e o Papanicolau?

Papanicolau era o nome que o pessoal mais antigo dava à coleta do exame preventivo. Mamãe disse que não havia feito depois que eu nasci.

Mas o pior eu fiquei sabendo depois. Mamãe tinha esses sintomas há mais de cinco anos.

Fomos juntas marcar a coleta do preventivo e agendaram logo para o outro dia com a enfermeira, uma pessoa aparentemente muito competente.

Mamãe quase deu pulos de alegria por ser uma mulher que faria o exame, pois papai provavelmente reclamaria se fosse um homem.

No dia seguinte, entrei com ela no consultório. Respondeu um questionário longo.

— Tira toda a roupa, inclusive a calcinha — enfatizou a enfermeira. — Veste a camisola, abertura pra trás. Põe o chinelinho. Sobe na maca. Abre as pernas.

Algo de plástico foi inserido na vagina da mamãe. Mamãe urrou de dor e, mais rápido que meu pensamento, a enfermeira pegou uma espécie de cotonete com um outro negócio tipo abaixador de língua, esfregou em um pedacinho de vidro e espirrou um aerossol.

Mamãe ficou enrubescida por todo o rosto durante o exame, querendo sair correndo dali e se esconder.

Ela saiu da maca e tirou a camisola. Vestiu a roupa e já era a minha vez. Também nunca tinha feito aquilo, mas achei que fosse uma boa oportunidade de começar a me cuidar. Apesar de um pouco assustada com a história das dificuldades escondidas por minha mãe, tomei coragem de olhar para os olhos da moça, calmos e ternos, e me senti segura.

Eu tinha 18 anos. Pouco sabia da vida quando tivemos o diagnóstico do câncer de mamãe e tudo veio abaixo na nossa casa, na nossa família. Na nossa vida.

Tinham se passado pouco mais de três anos daquela coleta de preventivo, do início do tratamento, da morte prematura de mamãe e agora estava eu ali, no pré-natal da minha segunda gestação sem ela.

Capítulo 17.

A criança já estava crescidinha na minha barriga. Eu, a cada dia mais irritada, mais sensível. Não tinha lado para dormir, todas as posições incomodavam. Há quem diga que tem saudade da barriga de grávida, mas dizem isso aquelas mulheres que tiveram a sorte de não ter dor nas costas, nem dificuldade para respirar por conta do volume que nos toma o corpo.

Brincar com a menina no chão estava sendo um desafio. Não sei quantas vezes ela jogava algum brinquedo em mim e eu fazia voar longe, como nunca tinha feito antes. Não tinha mais paciência.

Essa gravidez estava sendo completamente diferente da outra. Mesmo não tendo mais minha mãe e não podendo contar com o apoio do meu pai, na gravidez da menina eu tinha o Elias. Eu tinha esperança. Eu tinha afeto por mim, pelo Elias e pela criança. Agora eu não tinha nada, a não ser que se possam contar os enjoos, a dor de cabeça, as dores nas pernas, na consciência.

Eu precisava de dinheiro. Precisava de mantimentos. Estava insustentável ficar assim. Liguei para vários números que encontrei na internet tratando de doações. Até consegui umas respostas positivas. Uma antiga amiga da faculdade falou que poderia me ajudar. Mas para todas essas ajudas eu precisava sair de casa.

Tive de apelar:

— A senhora não fica com a menina pra eu poder sair um pouco buscar umas doações? — Estava eu na porta da vizinha da quitinete. Aquela que deixou o bolo.

— Não posso não, menina. Estou muito gripada. Hoje vou ter de procurar o hospital, eu devo estar com essa tal doença. E também nem sei se essa sua menina fica comigo. Ela chora muito.

Aqueles comentários pouco me atingiam. Já estava tão acostumada a escutar coisas daquele tipo que até eu mesma algumas vezes pensava da mesma forma. A gente vai se convencendo. Tenho que concordar — não seria mesmo fácil ela ficar com a menina. Pelo menos a senhora deixou de cobrar o aluguel até sair o meu bolsa família.

A internet e o noticiário traziam cada vez mais desespero. Cenas de pessoas sendo enterradas em valas comuns, sem velório. Ninguém podia se despedir direito dos seus amores. A situação se agravava a ponto de não termos mais vagas nos hospitais. Em muitas regiões do país, até oxigênio estava faltando.

Fomos eu e a menina até a Assistência Social novamente.

Entrei pela porta e eram só olhares por cima das máscaras por todos os lados.

— É um menino, não é? — foi a primeira coisa que a atendente da janelinha me falou, quando viu minha barriga apontando para a frente. Pensei que, se eu estivesse mesmo esperando um menino, um homem, ele não ia precisar passar o que eu estava passando.

Minha mãe diria isso:

— Barriga espalhada, a mulher ficando cheia pros lados, é menina. Barriga fina pontuda, é menino, filha. Só repare.

Havia uma fila enorme do lado de fora da Assistência Social. Pessoas de várias idades. Somente os olhos entregavam o quanto já estavam cansadas de estar ali naquela fila, assim como na vida. Os óculos embaçados denunciavam as respirações mais ofegantes da tragédia vivida mundialmente. A pandemia acabou com a vida normal que achávamos que tínhamos.

— Preciso da cesta básica logo. Estou sem nada pra cozinhar nem pra mim nem pra menina — engoli meu orgulho e falei, mas doeu na alma.

Segurei a menina contra meu corpo e fiz cara feia para quem olhou para ela achando muito grande para estar no colo de uma gestante. Eu sabia que no colo ela teria menos chances de ter crise. Mas os outros não sabiam. Eles nunca sabem. Eles sempre acham um jeito de culpar a mãe: se fica com o bebê demais no colo, "tá errado", se não pega no colo, "tá errado" também. Se você gerou alguém com algum problema então, de quem era a culpa? Mas eles não sabiam nada da minha vida. Não tinham o direito de julgar. O problema é que eu mesma me julgava. Como tinha deixado tudo aquilo chegar àquele ponto em que estava?

Queria só um pouquinho ser cuidada.

Tenho saudades do Elias. Principalmente nos dias em que meus pés ficam mais inchados. Na gravidez da menina, meus pés ficaram parecendo os de um elefante, e Elias, ao final do dia, preparava uma água morna, colocava um punhado de sal grosso e, depois de sentar-se num banquinho pequeno, massageava os meus pés.

— Amo seus pés, amor — ele dizia.

Agora não conseguia mais nem amarrar o cadarço do tênis direito. As sapatilhas não cabiam mais. Até o chinelo machucava. Minha barriga estava cada dia maior.

— Me deixa dar uma olhadinha se seu auxílio já saiu.

Ela se retirou da janelinha e parece que foi para sempre. Não aguentei ficar mais tempo com a menina no colo. Não tinha cadeira para sentar, justamente para as pessoas manterem certa distância. A menina, que agora já andava, saiu correndo por dentro de um corredor e eu fui atrás. Paramos as duas exauridas, escorrendo suor, mesmo naquele dia parcialmente nublado. A menina parou em frente à cozinha dos funcionários. Havia um pacote de bolachas salgadas na mesa. Ela estava com fome. Nós duas estávamos.

— Pode dar pra ela, mãe — disse uma voz feminina no fundo da cozinha.

Era isso. No fundo parece que ninguém mais sabia meu nome. Eu era a mãe. Somente e exclusivamente a mãe.

A menina comeu.

O auxílio não tinha saído.

Capítulo 18.

Com todo aquele corre-corre com a menina, eu estava muito indisposta quando cheguei em casa. O auxílio estava marcado para sair no final do mês e estávamos ainda no dia cinco. Para piorar tudo, parecia que estava ficando resfriada. Também muito tempo sem comer me deixava com muita dor de cabeça e os hormônios da gestação não ajudavam.

Aquele era um mês especial, a menina completava seu primeiro ano de vida.

Ela animou-se quando joguei na frente dela um saco de pecinhas de montar e liguei a TV sem nenhuma restrição. Eu precisava lavar alguma roupa e cozinhar o arroz que ainda tínhamos. Tinha separado as últimas moedas que encontrei na gaveta e comprei também papel higiênico. A menina que trabalhava na secretaria de assistência tinha me dado mais um pacote de leite e açúcar e com eles me animei em fazer um bolo de arroz doce, seria com esse bolo que comemoraríamos o aniversário da menina. Consegui outras coisas também para nos tirar um pouco da agonia da fome. Umas bolachas, pipoca. Quanto tempo eu não comia pipoca?

O barulho do desenho na TV e a panela no fogão me trouxeram paz. Aquela que há muito tempo eu não tinha. Uma paz que a maioria das pessoas nem acha que pode se chamar assim de “paz”. Tudo estava normal ali naquela casa. Havia uma criança brincando, uma mãe cozinhando. Havia comida para comer e papel higiênico para nos limpar.

Enquanto o leite não fervia, fui mexer na pasta de Elias. Nunca tinha voltado para ler as outras cartas e bilhetes que estavam lá. A pasta tinha ficado em cima da geladeira. Tirei de lá, coloquei em cima da bancada da cozinha. Abri um envelope que tinha como remetente o antigo endereço de Elias. A carta parecia ter sido amassada e depois guardada novamente.

Dezembro de 2018

Elias,

Agora sei que você tem mesmo o nome que escolhi pra você e que cresceu e é um homem de bem, que frequenta a igreja, trabalhador. Já me disseram que você nunca deu trabalho, sempre foi muito esforçado. Que seu tio é que ficou com a sua guarda e que ele infelizmente faleceu recentemente. Por isso vim te procurar. Tudo isso me deixou muito triste. Tenho muita vergonha de não ter falado com você antes, mas tinha medo que você me rejeitasse, tivesse raiva de mim. Já passaram 20 anos desde o dia que aceitei perder você. Infelizmente não tive como me arrepender pois foram anos que fiquei morta na rua, sendo usada por tudo quanto é tipo de homem em favor das drogas. É uma vida perdida. Hoje estou limpa e sinto desejo de poder fazer por você algo que não consegui fazer no passado. Não posso oferecer muito, mas trabalho como passadeira e também cozinho bem. Talvez possa ser útil nesse momento de luto para você e seu primo, limpando o apartamento ou o que vocês acharem que eu possa fazer. Peço que me ligue nesse telefone 9 8888 – 99 99.

Sua mãe

Paralisada novamente por essa outra carta, senti a casa feder a leite queimado. Já era. Estava tudo impregnado. Eu tinha perdido o leite. A menina chorava de assustada com o cheiro forte e a barulheira que fiz, derrubando tudo e ainda por cima queimando a mão para acudir a leiteira.

A mão foi para debaixo da torneira e percebi que tinha leite até na minha barriga, queimando a pele por baixo da camiseta. Tudo vermelho, ardendo, como a vida. A culpa por não ter querido saber mais da vida de Elias vinha forte como as lembranças de quando ele parecia um menino indefeso, apesar de querer demonstrar completamente o oposto. As manias de perfeição dele, de sempre querer agradar. Agora fazia mais sentido ele não querer me apresentar a mãe, não querer que eu visitasse o apartamento onde morava, pois sim, não era dele, ele morava de favor. Também ficou claro por que, apesar de sempre estarmos com o dinheiro contado para tudo, ele insistia em mostrar que tinha coisas de marca. O desejo de demonstrar o que não era. Ele tentava preencher seu vazio interno.

Fiquei me culpando por não ter tentado ir mais a fundo na história de Elias. Eu poderia ter ajudado mais a enfrentar seus medos. Acho que ele talvez pudesse se sentir diminuído por ter sido criado pelo tio não como filho, mas como uma criança abandonada, como uma obrigação.

Outra coisa que devia ter sido difícil era essa repentina aproximação da sua mãe biológica, precisar relembrar a sua própria história, a história da mãe que um dia o abandonou.

A gente sempre fica pensando o que poderia ter sido. Eu poderia ter sido melhor para Elias, ter cobrado menos dele, ter me queixado menos da menina para ele. Fiquei pensando que, se ele talvez não tivesse se sentido pressionado, não tinha ido embora. Mas num piscar de olhos eu recobrei os sentidos e lembrei que foi ele que escolheu ir embora sem explicação. Foi ele que nos abandonou.

Capítulo 19.

A menina passou a dormir em definitivo comigo desde que me dei conta de que Elias não voltaria mais e o neurologista deu a entender que ela tinha problemas. A preocupação aumentou. Posso até dizer que o amor também. Ou se modificou, não sei. Um medo de perdê-la passou a fazer parte de mim.

As dificuldades ainda eram as mesmas. As terapias não tinham começado, eu também não tinha conseguido comprar o remédio que foi receitado.

Eu tentava manter uma rotina com ela, estimulá-la, mesmo não podendo mais sair de casa. A solidão de não ter com quem falar ou contar amedrontava e só ia piorando. Na TV, as pessoas descreviam as suas mudanças de vida com o isolamento, como se adaptavam e continuavam mantendo contato com os familiares por chamadas de vídeo. Eu nem isso fazia. Não tinha com quem. Não tinha ânimo para buscar estreitar laços com quem quer que fosse. A menina continuava não balbuciando uma única palavra. Continuava me olhando como se não estivesse me vendo. A única coisa que fiz de diferente foi tomar coragem e chamar a vizinha da frente, a dona da quitinete, para explicar que a menina tinha um probleminha neurológico e por isso chorava tanto. Mas não adiantava explicar muito. A vizinha não me deu muita confiança. Atendeu a porta ressabiada, fazendo com as mãos um sinal para que eu mantivesse distância.

— Mocinha, saber disso me causa muito alívio. Por diversas vezes me peguei escutando a confusão na sua casa, e nem é porque sou enxerida, mas é que as paredes são finas mesmo. Pensei até em chamar o conselho tutelar quando a menina começava a chorar.

Achava que eu batia na menina e por isso ela chorava desesperada daquele jeito. Fiquei imaginando ter mais o Conselho Tutelar no meu pé, para além de todos os outros problemas que eu já tinha.

Os choros e berros naqueles últimos dias, depois da consulta, até diminuíram. A enfermeira me disse:

— Mãe, a melhor maneira de conter um filho em crise, desde as pequenas birras até as grandes, até com agressividade, é observando e tentando se aproximar. Tentar envolvê-lo com os braços, deixando-o seguro.

Pensei em perguntar quantos filhos aquela enfermeira tinha para estar falando com tanta propriedade. Queria na verdade é que ela fosse lá em casa no dia em que a menina começava a jogar tudo no chão e em mim. Mas claro que não falei nada. Eu senti que ela procurava me instruir com carinho e cuidado. Aquilo de alguma forma me fazia bem, apesar de eu estar acostumada a ficar na defensiva, procurando me proteger do mundo, da vida.

Eu não podia fazer birra. Era uma adulta e alguém demonstrava se importar comigo novamente, por isso passei a seguir as recomendações da enfermeira. Já sabia que, quando a menina começava a chorar por qualquer que fosse o motivo, ela se acalmava se jogando no chão, parecia que o contato com o piso gelado fazia a crise ir passando. Dessa forma, quando ela começava eu tentava aproximar algo gelado dela, um cubo de gelo, uma colher, uma xícara, qualquer coisa. E não deixava a crise ficar pior. Eu mesma ia me aproximando e colocando o objeto gelado na pele dela, até que ela segurava sozinha e, quando ia melhorando, eu a abraçava, contendo devagarinho os impulsos mais violentos.

Não me joguei mais no chão para chorar com ela, mesmo porque a barriga enorme não deixava.

Até que um dia o telefone tocou. Era a minha salvação:

— Seu benefício saiu — disse a assistente social.

Não contive as lágrimas. Era um alívio saber que as coisas poderiam entrar em uma certa normalidade. Não dei muita trela para a conversa da assistente social, assimilando somente o necessário: o benefício cairia em uma conta online, mas eu precisaria de internet para acessar ou teria que ir até o banco.

Como nem tudo sai como a gente espera, os milagres também às vezes não vêm completos. Aproveitei que a menina estava entretida separando os grampos de roupa por cor no chão da sala e fui aos poucos juntando em um montinho todas as contas que tinha para pagar. Telefone, condomínio com a luz e a água, internet. Coloquei a receita do remédio da menina junto das contas e, com a ajuda dos dedos, fui percebendo que, por mais que o benefício tivesse saído, o alívio das contas seria momentâneo e eu teria que sair de casa de qualquer forma. Isso significava levar a menina comigo e nos expor ao risco de contaminação.

O aluguel estava atrasado há mais de dois meses. O celular era plano pré-pago descontado em conta. Não cortaram, mas a conta do banco estava no vermelho. A luz e a água eram embutidas no condomínio e a vizinha de porta que também era a síndica foi compreensiva até demais. Com a confusão da pandemia, outros moradores também tinham perdido suas rendas, e ela foi se virando para ajudar no que podia. O pior foi perceber que a internet já não funcionava, e que, para religarem, era preciso o pagamento de uma taxa. E como fazer todos esses outros pagamentos de forma online, mais as consultas da menina, sem acesso à internet? A internet do celular não daria conta, eu ponderava, preocupada.

Deixei as contas no balcão, onde se acumulavam os outros papéis.

Fui dormir pensando no motivo pelo qual o neurologista não havia prescrito uma medicação que tivesse na farmácia do SUS e por que eu não tinha questionado sobre isso. O corpo já estava dolorido de pensamentos sobre as responsabilidades e os buracos sem fundo da vida. Algum jeito eu daria. Qual eu realmente não sabia.

Capítulo 20.

Naquela noite, levantei diversas vezes para fazer xixi. A bexiga estava frouxa, eu não me sentia bem, a garganta estava enroscando. Olhei no espelho, estava bem vermelha, mas sem placas que evidenciassem uma infecção. Fazer essa diferenciação era uma das coisas que as aulas de imunologia da faculdade tinham me feito aprender. Eu parecia mais quente que de costume, mas o termômetro dizia o contrário. O que estava acontecendo com meus pulmões também era algo desconhecido para mim. Eles pareciam não estar funcionando direito, talvez fossem só coisas da gravidez. Uma espécie de falta de ar. Devia ser o novo feto pressionando meu osso esterno, e este pressionando o pulmão.

— Filha, criança muito cabeluda dá azia na gestante, porque fica cutucando a boca do estômago — minha mãe diria.

Essa coisa de bexiga frouxa e falta de ar também deveriam ter alguma explicação desse tipo. Talvez mamãe não tenha tido tempo de me ensinar todas as pérolas da maternidade. Na minha primeira gravidez, não tive nada disso. Mas também não estava na situação de estresse em que eu estava agora. Pessoas também são diferentes, mesmo nascendo do mesmo pai e da mesma mãe. Gelei por dentro quando pensei em todas aquelas estatísticas que o neurologista falou, que o bebê que eu estava esperando também poderia ter alguma característica do autismo. Eu não daria conta.

Fui até a pia me aparando nas paredes, tive dificuldade para pegar um copo de água. Coisa mais estranha. Pensei em consultar algum remédio, mas desisti lembrando que não era qualquer coisa que eu poderia tomar estando grávida. Se não estivesse, certamente já teria engolido um relaxante muscular para tentar voltar logo a dormir. Tomei só água. E pouco. O gole desceu incomodativo.

Tentei não me preocupar com os sintomas que meu corpo estava apresentando.

Eu ia e vinha do quarto para me certificar de que a menina ainda estava dormindo. Queria que ela dormisse muito para eu poder descansar e demorar o máximo que pudesse para amanhecer o dia e retardar a resolução dos problemas que eu já não vencia enumerar. Mas também não sabia direito o que fazer para pegar no sono novamente.

Os cálculos mentais me deixavam ainda mais zonza.

Mesmo acreditando não ter sintomas de Covid, pensei em ligar para o número que divulgaram aqui na cidade para evitar que as pessoas se aglomerassem nas unidades de saúde. A orientação era ir aos estabelecimentos de saúde só em caso de emergência, por isso havia os atendimentos por telefone, para triar a gravidade dos casos e passar orientações nos casos não graves. Mas o nariz não escorria, nem entupido parecia. Achava que tudo aquilo que eu estava sentindo não passava de dívidas, falta de dinheiro e preocupação sobre como pagar as contas sem precisar sair de casa e nos colocar em risco. A ansiedade pelas questões do novo parto também aumentava. Com quem eu deixaria a menina. Se ela sentiria minha falta. Como alguém faria por ela o que eu fazia. Quem atenderia às suas necessidades tão peculiares. Ou era simplesmente dificuldade para dormir. Talvez eu estivesse com depressão.

Li uma vez que pessoas com depressão, apesar de dormirem muito durante o dia e perderem a vontade de fazer as coisas da rotina, à noite tinham muita dificuldade para dormir. Será que eu estava depressiva? Eu não me permitia chorar o tanto que o corpo pedia. E dormir, eu nunca dormia direito, pois a menina tinha o sono muito agitado.

A angústia ia e voltava como se estivesse na boca do estômago com uma lança pontuda pronta para acertar quem aparecesse na frente. Devia ser só isso. Ou tudo isso. Mas o sono não vinha.

A cabeça também já estava mais pesada do que de costume e o corpo mais dolorido nos últimos dias. Devia ser essa tal circulação, os hormônios, o inchaço geral. A vontade de sumir, de voltar no tempo, de não ter nascido, de não ter parido, de não estar completamente sozinha, isolada em uma ilha chamada minha casa.

O relógio anunciava o nascer de mais um dia. Levantei, passei o café mais cheiroso dos últimos meses, pois agora eu tinha café, trazido pelo abençoado motoboy da mercearia, que era conhecido e não me cobrou a entrega. Tentei deixar a mesa arrumada o mais perto possível da forma que Elias fazia todas as manhãs para nós. Uma toalha que cobrisse o mármore gelado da bancada, dois pratinhos pequenos para acompanhar as canecas e dois médios para poder colocar o pão fatiado. Uma colher de chá para cada uma de nós. A menina não sabia se servir ou usar a colherinha, também nem usar a caneca sabia, mas deixar esse outro lugar preparado me dava uma noção de normalidade, poder partilhar uma refeição com outra pessoa.

Não tinha uma hora só dos últimos meses em que eu não fosse visitada por lembranças da minha mãe. Na cozinha, no quarto, no jeito de lavar a roupa, a louça. Tudo que eu fazia na casa era revisitando as coisas que mamãe dizia e a forma como ela fazia os serviços. Acho que a solidão faz esses sentimentos despertarem na gente, essa melancolia às vezes boa, às vezes má. Mesmo quando traziam alguma tristeza, eu ainda os preferia aos outros pensamentos intrusivos que se dilatavam na frente da imagem guardada da minha mãezinha e tomavam minha mente. A vontade de morrer, de desistir.

Dessa vez, junto com o arrumar da mesa, escutei nitidamente a voz na minha cabeça:

— Não vai mexer o café com a mesma colher que está no açucareiro, minha filha — era certo que minha mãe ralhava comigo sempre que eu fazia isso.

A menina não demorou para acordar sem minha presença na cama. Vinha caminhando devagar pelo corredor com seus pezinhos de bailarina. Apontou para a TV e pediu, mostrando com as mãos, que eu a colocasse no sofá. Com uma dificuldade maior do que de costume, eu a ergui no colo e coloquei sentada. Depois ela mesma tratou de se esparramar.

Servi um café com leite para ela em um copinho com canudo e estampa de princesas.

Mais lenta do que de costume, tentei voltar para a bancada e comer alguma coisa, pois uma moleza passou a tomar meu corpo. Mas não deu tempo de sentar. Os pés formigaram como se estivessem em choque contra o chinelo de dedo, subindo para as pernas e desarticulando-as do quadril. Fiquei bamba e, na tentativa de me segurar a algum móvel ou apoiar as mãos sobre alguma superfície, a cabeça pendeu para trás me fazendo cair amolecida no tapete da sala.

A menina deu um pulo do sofá e correu para me agarrar com suas mãozinhas num movimento de tentar me levantar. Eu tentava responder, falar alguma coisa, mas a voz não saía e o ar parecia não conseguir entrar. Não conseguia me mover, nem falar nada com ela. A pobrezinha começou a chorar o seu choro mais estridente. Aquele que só se acudia com um abraço apertado de contenção. Jogou-se ao meu lado no chão e eu não vi mais nada.

Capítulo 21.

Eu não estava bem acordada, mas via pessoas paramentadas dos pés à cabeça com macacões brancos, óculos de proteção e máscaras em cima de mim. Eram duas ou três pessoas. Eu tentava falar com elas, responder o que perguntavam, mas a voz continuava não saindo

— Que bom que a senhora nos acionou. Mais alguns minutos assim, sem ventilar direito, e ela teria morrido — escutava uma voz rouca ao fundo dizer.

— De quanto tempo é a gestação? Não consigo escutar o feto — outra pessoa, que eu não conseguia definir se era homem ou mulher, perguntou.

— A senhora tem uma ideia de quanto tempo a menina ficou chorando até a hora em que a senhora resolveu ligar pra gente? — questionou a pessoa que parecia mais próxima a mim e no chão mesmo tentava tirar meus sinais vitais.

— Eu não sei, eu não sei. A menina sempre chora muito. No começo eu me incomodava, tinha pena da menina, sempre achava que ela batia na menina. Mas há pouco tempo ela me disse que a menina tem problema e eu até já estava acostumada com o chororô. Mas hoje estava demais.

— Não sabe dizer há quanto tempo então? — a voz rouca disse, de forma estressada.

— Ela está saturando muito baixo e não temos batimentos fetais, precisamos remover com urgência!

Sentia que moviam meu corpo para perto de um pedaço de madeira. Era uma maca. No pescoço colocaram um colar cervical. Fizeram uma contagem e, com ajuda de um lençol, passaram-me para a maca. Protegeram minha barriga com outro lençol e uma almofada, prenderam-me. Eu queria reagir, mas não conseguia. Meus pés e mãos estavam dormentes.

Um pouco antes que me levassem escada abaixo, deitada na maca, pude ver a menina acuada perto da porta da vizinha. Tentava ver a expressão do seu rosto, mas tudo foi ficando embaçado, as vozes foram diminuindo, até que se apagaram de vez dos meus ouvidos.

Capítulo 22.

Cadê a menina?

Eu só enxergava paredes azuis e cortinas cinza. Um monte de gente falando alto ao mesmo tempo. Barulho por todos os lados. Não conseguia me mexer. Um cheiro de álcool tomava o ar. Demorei para me dar conta de que estava num hospital. Devia ser uma UTI. Alarmes, fios, pessoas vestidas como astronautas com olhos apreensivos.

Alguém tinha puxado minha mão, pegou algo que devo ter arrancado. Sentia a garganta arder, machucada.

— Não vai ter outro jeito, vamos ter de amarrá-la.

Sentia-me agitada, mas não conseguia fazer meu corpo parar. O ar faltava, no peito parecia que tinha uma bexiga prestes a explodir.

— Seria melhor virar ela de lado depois de entubar novamente. Ou de barriga pra baixo. Mas como faz com a barriga?

— Pega o kit! Vamos entubar novamente.

Sentia um líquido gelando nas veias. Mãos de látex passavam por meu corpo, uma mulher toda paramentada ergueu e imobilizou meu pescoço. Outra abriu minha boca com um metal pontudo. Agoniada, eu sofria de não saber o que estava acontecendo.

Os barulhos aumentaram e um apito estridente fez todos que estavam ao redor se agitarem:

— Não agora, vai aguentar mais um pouco, mãezinha. Vamos sedar — uma voz masculina disse ao fundo.

Saio de mim. Estou na praia. Sinto a maresia. O vento embaraçando os cabelos. A areia fina voando e formigando ao bater levemente nas pernas. Eu caminho tranquilamente em meio à brisa do mar de mãos dadas com a menina. Ela olha o mar. Pulamos uma, outra e mais outra onda. O som do estouro das ondas se confunde com o agudo doce da sua risada, a felicidade torna a areia morna ainda mais macia, agradável, gentil. Os pulmões cheios de vida. A menina cheia de voz. Pronuncia "mamãe" sem nenhuma dificuldade em meio a gritinhos de alegria a cada onda que bate em nossas pernas e nos contorna. Ela pega conchinhas sujas. Corre atrás delas antes que o mar as engula novamente e guarda no bolso do vestido florido. Eu não interfiro. Sei como é ser feliz na praia quando somos crianças. Avistamos um cercado com vários ovos de tartaruga e percebo que chegou a hora do nascimento. Outras pessoas estão em volta do cercadinho de arame. Fotos são tiradas. Alguns estudantes usam jalecos brancos. Eu também estou de jaleco. Uma prancheta de madeira com folhas brancas na mão. Anoto o nome do professor Aristeu e faço uma observação com a letra garranchada: "em movimentos sincronizados os filhotes retiram a areia, emergem em conjunto até alcançarem a superfície do ninho e correm em grupo imediatamente para o mar, sem intermediários". As crianças humanas não são assim. A menina se pendura no meu colo, já não anda mais. Não pega conchas e não me chama de mamãe. Parece que vou explodir novamente, meu nariz parece trancado, não tem ar para respirar. Tem um peso na barriga que comprime o meu tórax, que pressão! O que é isso? O que...

Os alarmes voltam a tocar.

— Ela tirou o tubo de novo! — escutei alguém gritar.

— Olha os parâmetros do bebê! Ele está sofrendo, talvez não aguente.

— Vamos abrir!

Sentia uma mão pegando na minha barriga e logo algo gelado passa por ela. Minhas pernas e braços doíam até amortecerem. Tentei falar e a voz não saía. Cadê a minha menina? Eu precisava saber.

Comecei a escutar o barulho do mar cada vez mais forte até que nada.

Nada, nada. Nada.

Minhas pernas não doíam, nem a coluna, nem o pescoço. Nada doía, na verdade. Será que eu tinha morrido?

Escutei o barulho do mar que vem e vai no mesmo ritmo da minha respiração. Tentei abrir os olhos, mas a consciência pesava. Tive medo de estar em um lugar melhor e ter deixado a menina. Será que encontraria meus pais? Será que meu pai Jorge estava morto, assim como mamãe? Estava confusa.

— É um menino — alguém falou, e logo escutei um choro forte.

Era o meu filho? Aliviada, pensei que ele, sendo homem, pudesse ter uma sorte melhor que a minha.

— É bem pequeno, mas parece saudável!

Senti alguém passando do meu lado com pressa e o vulto saiu rápido por entre as cortinas. Ainda estávamos na UTI. Não entendia. Me questionei se teriam feito meu parto neste lugar.

— Não teria mesmo jeito de transferi-la, não ia dar tempo. O bebê estava quase sem líquido amniótico.

Voltei a me sentir cansada, como se as janelas da percepção estivessem voltando a se fechar.

Capítulo 23.

Certa manhã, como se o ponteiro do relógio não tivesse dado nem uma volta inteira desde o dia em que saí de casa carregada em uma maca, abri os olhos e vi de forma bem clara todos os aparelhos ao meu redor. A luz do sol insistia em entrar por uma das janelinhas discretas, quase minúsculas, na parte mais alta da única parede que eu conseguia avistar. Eu não sentia frio. Vestia uma camisola com o nome do hospital carimbado de vermelho na parte superior do meu lado esquerdo. O braço não estava amarrado. Não sentia nenhum líquido gelado passar pelas veias.

Ao mover o pescoço para o lado, tentando observar o que me rodeava, eu me dei conta de que tinha uma espécie de caninho fincado na minha veia jugular. Fiquei assustada. Mesmo assim, mantive a calma, tentei falar. A voz dessa vez saiu:

— Ei, você de branco — chamei sem sucesso.

Chamei novamente, agora um pouco mais forte:

— De branco, vem cá! Eu estou viva?

A pessoa de branco pela qual eu chamava veio sorrindo, pelos olhos dava para ver que era uma mulher. Saindo rapidamente do balcão de onde estavam outras pessoas vestidas da mesma forma, com capotes de algum material que imitava plástico, máscaras que mais pareciam focinheiras e óculos de plástico. Ela veio dizendo:

— Ela acordou! Ela acordou!

Aos poucos se aglomeraram umas três pessoas ao meu redor e, com muita destreza e cuidado, pedindo licença para erguer a camisola, foram tirando alguns dos fios que estavam sobre meu peito.

Até achei estranho pedirem licença para mexerem em mim. Depois da experiência quase traumática do pós-parto da menina, em que simplesmente só foram afastando a camisola e sem nem me perguntarem nada, se eu queria ou não, colocaram-na para mamar. Mas agora, esta atitude de pedir licença, algo tão simples, foi de uma gentileza, um cuidado, que me fez acreditar em pessoas mais humanas e sentir alguma segurança.

Como as experiências podem ser tão diferentes em diferentes momentos e contextos da nossa vida! Não me restava dúvida: eu estava viva.

— Se estou no hospital, com quem a menina ficou? — perguntei, meio aflita.

— Com a avó — respondeu a atendente de olhar mais moço enquanto me ajeitava na cama.

— Vó? Como assim vó? Minha mãe morreu tem pouco mais de dois anos. O que aconteceu com a menina? — Fui ficando nervosa e agitada com essa revelação, então precisaram me medicar. Novamente aplicaram a medicação no caninho do pescoço. O líquido foi passando gelado por dentro da minha pele. Os aparelhos voltaram a apitar.

Depois de um tempo, não sei dizer quanto tempo, uma outra pessoa se aproximou e, pegando na minha mão, perguntou se eu estava ouvindo.

Sim, eu estava.

Abri os olhos com dificuldade. Eles pareciam colados. Pálpebras pesadas.

— Há quanto tempo estou aqui, moça? — perguntei, agora tranquila.

— Pelas minhas contas, uns dois meses. Vou te falar que você foi guerreira. Tínhamos perdido as esperanças.

— Mas e a minha menina? Com quem ela está? — repeti, como se já não tivesse feito a mesma pergunta.

Delicadamente, a profissional se apresentou. Disse que era assistente social e revelou que eu estava em uma UTI adaptada para a Covid, em Florianópolis, Santa Catarina. O único lugar que tinha vaga quando passei mal. Ao ver que eu voltava a ficar muito ansiosa por não saber onde estava a menina, ela explicou que estava com a avó paterna.

— A menina está com a avó. Logo que você chegou aqui, antes mesmo de vermos seus documentos e termos outras informações, deduzimos que você tivesse outro filho, uma menina, pois toda vez que a sedação baixava, você pedia por ela.

— Onde ela está? Ela ficou doente também?

— Não. Ela está bem, não se preocupe. Temos mantido contato constante.

— Mas como que ela está com a avó paterna se nem temos contato com ela?

— Deixa eu te explicar melhor. Logo que você passou mal e foi removida da sua casa pelo SAMU, sua vizinha contou que remexeu em suas coisas para achar algum remédio da menina, já que você tinha contado que ela tinha problema neurológico. Acabou que achou em lugar nenhum. Enquanto procurava acabou encontrando uma pasta com uns papéis e em um deles tinha o telefone da sua sogra. Diz ela que não pensou duas vezes e acabou ligando para a mulher que prontamente disse que viria para ficar com sua menina. A partir daí assumiu os cuidados com sua filha.

Emudeci.

Como a mãe de Elias, que sequer tinha cuidado dele, agora estava cuidando da minha filha? Que tipo de cuidado ela estaria dando? Um medo terrível passou em meu corpo fazendo gelar minha espinha e arrepiar todos os meus pelos.

Demorei para voltar a mim e me dar conta de que não estava mais barriguda. Estava vazia. Apalpando meu abdômen, percebia que estava amolecido como sempre esteve depois do nascimento da menina. Por um momento, parecia que estar grávida pela segunda vez não passava de um sonho. Ou um pesadelo. Era difícil pensar de forma afetuosa naquelas condições.

Uma lembrança distante me dizia que eu sabia por que estava sem a barriga de gestante: eu tinha escutado falarem que pari um menino. Eu tinha escutado que ele chorou. Mas tinha achado que aquele choro não passava de uma alucinação.

No lugar da barriga, na região do ventre, estava um curativo com micropore e gaze. Devia ser a incisão da cesariana. Eu tinha também outras duas coisas no meu corpo que não conseguia identificar. Dois apetrechos de plástico. Um parecia ligado à minha costela e o outro parecia pendurado na minha vagina. Na verdade, depois descobri que não era na vagina, mas na uretra. Explicaram que era uma sonda vesical. E nas costelas um dreno de tórax para drenar as secreções do pulmão, sem contar aquele caninho no pescoço que depois fui saber que era um acesso venoso na jugular.

Como tudo tinha ficado tão grave assim se eu não estava tossindo nem nada? Não tinha tido febre.

Lembrei dos cansaços, da falta de ar, da garganta arranhando na madrugada. Eu estava mais agitada do que de costume, com insônia, tontura. Mas nunca imaginei que precisaria de cuidados de UTI. Nem de ficar dois meses entubada, sedada, sem acesso ao mundo real, com iminente risco de vida e, pior ainda, parir prematuramente. Era uma loucura pensar em tudo isso. Mas os sintomas dessa nova doença eram uma incógnita até mesmo para os médicos e cientistas, que pouco a pouco iam desenvolvendo alguma expertise.

— E a outra criança? — perguntei, sem esperanças, vendo aquela minha situação, há tanto tempo internada.

— Que outra criança? — a assistente social perguntou, um pouco assustada.

— A que eu estava esperando quando passei mal?

— Ah, sim. Está na UTI neonatal. Quase morreu. Você ficou com pouco líquido amniótico por causa da infecção pelo Covid e tiveram de tirar ele às pressas com uma cesariana. Foi aqui mesmo na UTI. O risco do transporte e infecção estavam muito grandes. Nenhum de vocês resistiria. O pediatra calculou que ele nasceu com 6 meses de idade gestacional. Nasceu muito pequeno.

— Quero ver minha filha — falei, impulsivamente.

Eu não tive nenhuma vontade de conhecer o menino. Não sei exatamente o motivo, mas eu não conseguia criar expectativas em relação a essa nova criança. Não sonhei como ela seria, não construí sua aparência imaginária como foi na minha primeira gestação. Não tive esse tempo. Mais uma vez eu assumia essa parte de mim não maternal, contrária à natureza feminina, diriam as minhas vozes internas. O menino devia estar cheio de tubos também. Seria mais um sofrimento ver que não consegui segurar ele até estar bem formado e saudável.

— Sobre ver sua filha, as visitas estão todas proibidas nos hospitais, querida. A pandemia está muito grave. Há muito risco de se infectar. Ainda mais ela sendo uma criança.

Não deixando a mulher nem terminar o raciocínio e as explicações, insisti:

— Preciso falar com ela, ver se ela está bem. Ela tinha de estar fazendo vários exames e terapias, porque o médico acha que ela é autista. Eu não podia ter ficado doente. Eu precisava estar cuidando dela. E as contas? Eu não paguei as minhas contas. E eu nem conheço essa mulher direito, a vó dela.

— Calma! Vou providenciar uma chamada de vídeo com elas pra você se tranquilizar. Mas te adianto que acredito que estão se dando muito bem, pois todas as vezes que eu falava com sua sogra para dar notícias suas, a menina ficava resmungando atrás.

Pensei que não poderíamos estar falando da minha filha. Resmungando? A menina sequer balbuciava. Era um engano. Só podia ser um engano.

— E o bebê? Você não quer ver o bebê? — ela quis saber. — Quando você estiver um pouco melhor, tentaremos te levar lá para vê-lo. No momento não dá. Não podemos permitir saída de um ambiente a outro do hospital, nem visitas externas, como te falei.

Não me importei. Eu queria mesmo era rever a menina. Ela precisava de mim e eu não estava ao lado dela.

Capítulo 24.

Quando eu estava na igreja, minha passagem favorita era uma que se referia à sabedoria do tempo. Dizia que havia um tempo para cada coisa. Assim, existindo um tempo para cada coisa, não deveríamos nos preocupar tanto. O problema em questão naquele momento é que o tempo, para mim, nunca foi amigo e eu nunca consegui ter a paciência que ele exigia. De tão apressada, não esperei nem o médico chegar na maternidade quando eu estava para nascer, nasci sozinha. Sempre quis estar à frente do tempo como filha, acadêmica, mãe. Mas de nada isso me serviu. Minha mãe foi embora muito mais cedo do que deveria. Eu ainda precisava tanto dela. Engravidei sem ter desejado. Não consegui completar minhas metas profissionais. Não fui a mãe que planejava.

Em uma cama de hospital, via minha vida passando todinha em longos pensamentos e lembranças enquanto aguardava a tal ligação que a assistente social prometeu que faria para eu ver minha filha.

Nesse intervalo, que pareceu durar uma eternidade, pensei no início da pandemia, em onde eu estava quando soube das primeiras notícias. Tentei me lembrar em qual canal a TV estava sintonizada. O que a menina já fazia. Em tudo que eu precisava fazer naquele dia. Via nitidamente o rosto de Elias, a sensação do amor que ele me despertava. Desejei que nada disso estivesse acontecendo. Lamentei lamuriosa tudo o que tantos haviam perdido depois que a pandemia começou. Perdido pessoas queridas, seus empregos, relacionamentos sociais. As mães, muito mais cansadas, deviam ter perdido muitas vezes a paciência com seus filhos sem escola, tendo que fazer milhões de atividades em casa propostas pelas professoras que, como elas, também eram mães na dura tarefa de fazer o aprendizado acontecer de forma online. As pessoas que, como eu, tiveram algumas dificuldades de acesso à internet, tinham perdido a garantia de muitos direitos: direito de se comunicar, de se relacionar, de aprender, de pagar as contas.

Como era duro esperar o tempo da ligação, assim como o tempo da pandemia, estava demorando demais a passar.

Trouxeram a comida. Um chá preto com três bolachas de água e sal. Alguém acionou a manivela e me colocou na posição sentada, não fazendo questão de me dizer o que ia acontecer. O profissional estava com pressa, como a maioria de nós está todos os dias, nem olhava direito para os lados. No hospital, todos pareciam nervosos, ansiosos, freneticamente atarefados. Aos poucos, passei a entender que a pressa da pandemia era diferente da pressa cotidiana.

Era uma pressa pela vida.

A paisagem que eu via à frente era a de uma cortina branca. Alguém resolveu abrir a cortina para que eu pudesse ver o movimento. Os profissionais iam de um lado para outro com suas bandejas cheias de apetrechos. Conseguia perceber de longe que a maioria dos pacientes estavam entubados, sem nenhum movimento. Saber que eu estava naquele estado de gravidade me perturbava. Infelizmente a cortina não ficou muito tempo aberta, na primeira disparada de alarme de monitor, depois de uma grande movimentação, logo fecharam a cortina novamente. Era o Covid. A falta de ar. A presença da morte iminente.

Tentava perceber alguma dor relacionada à cesárea, mas não conseguia identificar. Não sabia há quantos dias tinha sido o procedimento.

Quando incrivelmente consegui me distrair com meu próprio corpo, escutei:

— Estamos nos aproximando dela. Olha ela aqui...

Então, escutei:

— Mamãe!

Não acreditei no que estava ouvindo. Sequer conhecia a voz da minha menina, mas meu coração de mãe não se enganou e despertou:

— Amábile!

Naquele instante, quando escutei minha filha me chamando de mãe, algo se transformou dentro de mim. Eu não era mais simplesmente mãe, a mãezinha como costumavam me chamar, sem identidade. Eu era a mãe da Amábile. Nunca tinha sido chamada de mãe por um filho, era como se eu houvesse recuperado um status social.

Logo vi aqueles olhos de jabuticaba como os de Elias tomarem a tela toda do celular que a assistente social segurava à minha frente. Era a menina, a minha filha. Ela estava falando. Algum milagre havia acontecido! Sem entender, eu me deixei apenas emocionar com aquele encontro. Sentia lágrimas quentes descendo rápidas e caindo mais doces do que amargas nos meus lábios que tremiam num sorriso discreto e puro, como deve ser o sorriso de uma mãe. Sentia que meu nariz estava ficando vermelho e logo a parte de cima da camisola estava molhada. Minha menina. Minha Amábile.

Desde que Amábile havia nascido, eu passei a ser aquela pessoa que se dedica incansavelmente à outra. Não sentia retorno, apesar dos poucos momentos em que ela conseguia interagir comigo. Sem minha mãe, sem Elias, sem ninguém, a pandemia havia me feito adoecer, e não era propriamente de falta de ar causada pelo vírus, mas pela solidão. Talvez eu fosse somente solidão para a menina. Talvez eu tenha parado de interagir com ela também à medida que ninguém interagia comigo.

Alguém da enfermagem desligou o monitor no momento em que minha frequência cardíaca ia fazer o alarme soar.

Como se eu tivesse despertado de um sonho, escutei outra voz desconhecida tomar a ligação e um rosto envelhecido, mas muito familiar, tomou a tela:

— Oi Luíza, eu sou a mãe biológica do Elias, Ivone. Como eu queria que nosso encontro tivesse sido em outra circunstância, mas estou muito feliz de vê-la melhor.

Era uma versão feminina daquele que me fez acreditar no amor. Aquele que, por algum motivo, tinha me abandonado.

— Por que a senhora nunca nos procurou? — simplesmente vomitei as palavras pra cima dela sem pensar.

Agora era Ivone que tinha ficado muda. Como uma nuvem de fumaça passando por entre a tela do celular, ficamos imersas em um breu. Mas eu estava com tanta coisa entalada na garganta que interrompi o silêncio com toda a impaciência do mundo, como se eu pudesse falar por todas as dores da humanidade:

— Me explica, por que você nunca nos procurou? Nunca quis conhecer a sua neta?

Não sentia a respiração de nenhum de nós por entre o telefone, parecia que estávamos agora todos sem ar.

Percebi que a assistente social queria me interromper:

— Você não pode se exaltar, Luíza. Vamos deixar essa conversa difícil para uma outra oportunidade. Quando você estiver fora do hospital vai ter todo o tempo do mundo pra fazer seus questionamentos.

Os segundos seguintes foram de rapidez. As pequenas descobertas de alegria se perderam no ar que me faltou. O peito fechou-se de angústia. A visão tapou-se pelo sofrimento dos últimos meses. Uma moleza insuportável me tomou por inteira e meu esforço para olhar a tela do celular foi fazendo doer a cabeça, que fisgava por todos os lados. As falas foram ficando distantes.

Capítulo 25.

Ivone era para mim e para o inconsciente coletivo o estereótipo da pior de todas as mulheres, a mulher abandonadora. Aquela que não cuidou da própria cria, que não fez cumprir o desígnio de Deus.

Mesmo ela dizendo que não sabia da nossa existência, todos os outros dias que se seguiram na UTI, nos quais eu consegui falar ao telefone com ela e minha filha, foram para tentar desconstruir a péssima imagem que criei dela.

Eu não conseguia ver direito, mas parecia que estavam na nossa casa. Eu conseguia ver um pedacinho do sofá. Conseguia também perceber uma certa intimidade entre Amábile e Ivone, e esta reconstituía o seu passado dolorido aos poucos, como quem vai montando um quebra-cabeças em cada uma das oportunidades nas quais nos falávamos.

— Simplesmente, de um dia para o outro, quando fui levar a roupa de Elias lavada e passada no apartamento onde morava, ele disse que estava de mudança e que eu não precisava mais me fazer presente. Que eu já tinha pagado por tê-lo abandonado — disse Ivone soluçando em uma das vezes.

De tantas coisas que escutei, essa foi de longe uma das mais horríveis de escutar.

Não me segurava e quando achava que me sobrava um pouquinho mais de ar nos pulmões convalescentes do Covid ia logo jogando os meus julgamentos em cima dela:

— E por que você abandonou o Elias na infância? Como teve coragem?

O incômodo permeava as nossas chamadas de vídeo. Ivone não conseguia esconder como sentia-se mal com meus questionamentos nada oportunos. Eu perguntava sobre Amábile. Algumas vezes conseguia que ela falasse algo comigo, mas insistia de maneira desajuizada em querer saber muito mais do que a situação permitia.

Eu achava que nada do que ela falasse poderia mudar a minha opinião em relação a esse abandono. Eu já tinha tido vontade de sumir algumas vezes depois de tornar-me mãe, mas nunca teria coragem de deixar a menina para trás. Como uma mãe abandona um filho?

Ivone, mesmo contida pela situação de constrangimento que eu lhe causava nas perguntas impróprias para a situação, acabou contando toda a sua história quando engravidou de Elias: Ela estava pelas ruas. Catava recicláveis. Foi expulsa de casa por seus irmãos porque estava metida com drogas.

Quando passei a estar mais tranquila nos encontros virtuais com Ivone, a assistente social da UTI permitiu que ficássemos um pouco mais de tempo ao telefone e isso foi fazendo também com que nosso vínculo fosse aumentando.

— Nossa casa nunca foi lá aquelas coisas, sabe, Luíza! Perdemos nossa mãe ainda muito pequenos e nossos pais estavam pelo mundo. Cada um era filho de um pai diferente e nunca nenhum deles assumiu nossos cuidados, nem os cuidados com nossa mãe. Pais às vezes são assim, eles podem abandonar os filhos — ela engasgou, mas continuou. Contou sobre seus irmãos. Que os mais velhos cuidavam dos mais novos. No caso, ela era a mais nova, única menina de seis filhos nascidos de parto normal. A mãe dela havia morrido quando ela recém completou 11 anos, de tuberculose.

— Foi horrível. Uma imagem que nunca vai sair da minha cabeça. — A cada ligação jorravam mais detalhes de uma vida muito difícil, que às vezes parece até coisa de ficção. — Mamãe tossiu parecendo que ia morrer durante meses e não procurou atendimento médico. Até que um dia realmente morreu, sangrando pela boca na frente de todos os filhos, na hora do jantar.

Eu não conseguia ter empatia por aquela mulher e ela continuava contando a sua história triste para tentar justificar algo injustificável.

Ela contou como iniciou sua vida sexual. Era muito nova, com 13 anos e nem tinha menstruado a primeira vez. Foi com um amigo do irmão do meio. E com ele começou a frequentar a rua, a beber, e a cada dia voltar mais tarde para casa. Disse que, como não tinha dinheiro para sair, descobriu que fazer o serviço de mula, transportando drogas para os receptores, dava muito dinheiro, passando a ser a menina mula da rua. Depois a menina mula do bairro. E depois da cidade. Na temporada, ficava dias sem aparecer em casa. Até que um dia a porta estava fechada para ela e não a deixaram mais entrar.

A ligação foi interrompida e a mãe de Elias desapareceu da tela. Era Amábile que tinha batido no celular para chamar a atenção para si.

— Desculpem, a Amábile tá querendo minha atenção aqui!

Não conseguia acreditar na relação que a mãe de Elias, essa tal Ivone, tinha construído com minha filha em tão pouco tempo. O que tanto tinha acontecido nesses dois meses em que fiquei inerte na cama?

E mais uma ligação era interrompida e eu ficava sozinha com meus pensamentos. Voltava a ser a paciente Luíza, no leito 5 da UTI Covid.

Capítulo 26.

Alguns leitos esvaziavam-se com a mesma rapidez com que eram ocupados. A exaustão era nítida nos olhares de muitos daqueles cuidadores que não podiam nem voltar para suas casas. A morte rondava a todos. Estava nas paredes, nas cortinas, nos travesseiros. Poucas vezes eu escutava alguma celebração, parecia que ninguém saía vivo daquele lugar. Quando menos eu esperava, a moça da limpeza estava dando uma geral naquele pequeno espaço onde um dia estava deitado o amor de alguém.

Uma enfermeira de capote branco chorava em um canto sentada em um banquinho de subir nas camas. Entre uma preparação de soro e outra eu escutava as vozes ofegantes de gente que não podia desistir.

Os dias foram tomando seu rumo, e aquela sensação de um tempo que demora a passar até que foi ficando para trás também e, eu só tinha uma restrição: queria evitar falar sobre o menino. A vida real me esperava lá fora e logo seria eu e duas crianças sozinhas no mundo tendo que viver como fosse possível.

Pensava que não tive tempo de elaborar essa nova gestação. Nos problemas que poderiam surgir com a prematuridade. Em como eu poderia cuidar dele e de Amábile que já tinha tantos problemas. Ele agora estava protegido por um calor que não era meu, era da incubadora. Achei melhor não o ver. Não naquela situação imaginada de sofrimento e tubos como ali onde eu estava. Como podiam fazer isso com bebês tão pequenos? Acho que no fundo essa negação, digamos assim, era um mecanismo de proteção da minha parte, como se, não o vendo, ele não existisse.

Eu passei a receber muitos profissionais para ajudar na minha recuperação. Era fisioterapeuta fazendo massagens compressivas nas minhas costas, enfermeiros tentando me colocar em pé, fonoaudiólogas me fazendo soprar canudos em copinho e assoprar línguas de sogra. Vez ou outra alguém ligava uma música no celular por debaixo do capote e se aproximava de mim depois que descobriram por minhas próprias falas que eu gostava de cantar. Tentavam cantar alguma coisa que nos animasse.

Foi num desses dias mais alegrinhos que Ivone detonou a bomba de Hiroshima para cima de mim e da assistente social que me acompanhava na ligação.

— Mas as pessoas perdem a sua utilidade muito rápido no mundo concorrido do tráfico, sabe, Luíza. — Ela engatou novamente de forma espontânea o assunto do abandono de Elias e eu automaticamente me peguei com as mãos fincadas sobre o edredom que me cobria. — Uma mula não é útil para sempre. E, quando me vi sem lugar para ficar, fui pedir abrigo em lugares conhecidos, a casa da minha família, na igreja, no barracão e era escorraçada pior do que se fosse um cachorro. A rua definitivamente não é um lugar para mulher.

Mesmo sem querer, mesmo um tanto resistente, percebia que estava ficando envolvida pelo sofrimento daquela mulher que era a avó da minha filha. Tudo o que ela tinha passado para sobreviver aos abusos da rua era difícil de ouvir.

— Ou você se droga pra ser explorada e não sentir, ou é explorada em carne viva. Eu preferi não sentir. E, quando percebi, estava de barriga, morando debaixo do viaduto e logo depois com Elias dependurado no carrinho de coleta de lixo.

Meus olhos ficaram estatelados. Estava com a boca seca e um nervosismo me tomava a alma lá no fundo, uma tristeza à qual eu tentava não dar muita atenção, mas ela estava lá. Seria compaixão? Rápido assim?

— O parto foi pela rua mesmo, anestesiada pelo frio do inverno do nosso litoral. Ventava bastante no dia. Fui amparada por uma mulher mais velha, que me recolheu em uma bodega e me cuidou até eu querer ir embora — ela precisou tomar fôlego e respirar. — Quando o conselho tutelar me encontrou debaixo do viaduto com Elias aos gritos de fome, ele tinha uns seis meses. Eu quase não tinha leite no peito porque não me alimentava direito e o pouco de coisas que achávamos pelo caminho, um pão velho e duro, eu molhava na minha boca para amolecer um pouco e dava para ele.

Percebi os óculos da assistente social embaçados. Amábile começou a gritar do outro lado da tela:

— Mamãe, mamãe!

— Acho que ela sente muito a sua falta, Luíza. No começo, quando eu trouxe minhas coisas pra casa de vocês, ela ficava só no cantinho do sofá, parecia um caramujo. Aos poucos, com a ajuda das terapias online com a fonoaudióloga, ela começou a se soltar. A fono me passou vários exercícios que começamos a fazer muitas vezes ao dia. Até que ela começou a resmungar algo parecido com "mama" e, juntas, eu e a profissional fomos entendendo que ela queria dizer mamãe. Ela é muito esperta. Me lembra muito o pequeno Elias durante o tempo em que ficamos juntos.

Direcionei minha pouca energia naquele instante para a tela e tentei falar com Amábile:

— Filha, a mamãe vai ficar boa logo pra ir pra casa com você! A mamãe ficou muito feliz que você está conseguindo falar agora — minha voz foi ficando embargada.

Logo a tela foi tomada pela mãe de Elias novamente:

— Você percebe, Luíza, que mesmo longe da gente, quando a gente ama de verdade a gente quer o bem do outro? Assim como você está feliz com os avanços da sua filha, mesmo estando longe dela, eu também desejava o melhor para Elias, mesmo que fosse longe de mim.

Ela tinha falado uma verdade da qual eu não tinha ainda me dado conta. Aquela frase alcançou um lugar maternal da minha personalidade. Uma brisa do mar parecia entrar pela janela da UTI. Lembrei que eu estava na cidade dos meus sonhos. Na cidade onde eu achava que me realizaria profissionalmente, que teria uma vida nova se conseguisse cursar biologia na universidade federal. Aqueles planos de jovem adolescente, que não se concretizaram por falta de condições financeiras dos meus pais.

Eu não estava cursando biologia para ter minha vida mudada em Florianópolis, mas estava ganhando uma vida nova da mesma forma naquela cidade. Estava sobrevivendo ao Covid. Quer graça maior que essa?

A mulher continuou falando enquanto meu pensamento ia e vinha como as ondas do mar. Talvez eu estivesse ficando mais sonolenta por conta dos remédios que alguém foi injetando no caninho que estava no meu pescoço enquanto eu conversava.

— A única coisa que consegui fazer quando pegaram o Elias foi escrever um bilhete.

Ivone deixou claro desde a primeira conversa que tivemos que só deixou levar seu filho porque não tinha condições de criá-lo, e não sei realmente até que ponto ela tinha culpa de tudo aquilo, porque a vida às vezes parece que toma a mão da gente e puxa à força sem que tenhamos como reagir e voltar atrás para consertar o que começou errado. Ela chegou a estudar, gostava de ler, sabia se comunicar. Não dava realmente para entender em que momento da vida dela tudo se perdeu de vez e ficou impossível consertar.

Capítulo 27.

Amábile, a incontrolável que chorava e se jogava no chão, estava mais contida segundo o que Ivone falava, mas por diversas vezes eu pensei que mesmo que não estivesse, eu era a mãe dela e nós duas, depois dessa minha experiência no hospital, acharíamos um jeito de nos entendermos. Assim como eu agora entendia que tinha muita coisa que Elias guardava dentro de si e se manifestava nas suas atitudes do dia a dia.

Acho que amadureci uns 10 anos em alguns meses de isolamento. Tem coisas na vida, a maioria delas eu acho, que não podemos controlar e são essas as coisas que nos fazem crescer. Perder minha mãe, engravidar, ser abandonada, adoecer, por todos os lados eu via minha vida passar em cenas nada agradáveis. O tempo de UTI é assim. Talvez seja como ficamos quando estamos para morrer também: um filme passando em ritmo lento, fazendo sangrar feridas que já tinham feito casquinha, mas que ainda não estão cicatrizadas com intervalos de sorrisos de criança no barquinho ou beijo gostoso dado com paixão.

Ivone, nas chamadas de vídeo, acabava sempre falando de seus problemas com as drogas, talvez porque de certa forma isso justificava suas culpas internas relacionadas à sua não maternidade. A culpa. Sempre ela.

— A dependência química é uma doença complicada. Fiz tantos tratamentos, passei por tantas clínicas. Mas é muito difícil sair sozinho desse mundo, não é só força de vontade como a maioria das pessoas pensa. É preciso de apoio da família, e quem não tem precisa recorrer às amizades que faz pela vida, que nem sempre são confiáveis. Emendei rua e internações sem me dar conta do tempo que passava. Eu estava envelhecendo. E rápido.

Ela contou que teve sorte de conhecer algumas mulheres que também já tinham passado pelas drogas ou acompanhado o vício dos seus filhos ou maridos, e que a acolheram em um grupo que funcionava lá mesmo na cidade de Itajaí.

— Como já te falei, a droga na vida da mulher é muito diferente da droga na vida do homem. É preciso ter sensibilidade para entender isso. É natural um homem ir pra um bar beber. Agora, se uma mulher vai beber em um bar, ela já não presta!

Nessas conversas com Ivone, aprendi tantas coisas e mudei de opinião em relação a tantas outras.

Mas, pior que os calcanhares cheios de feridas por ficar tanto tempo acamada, a sensação de morte ao tentar respirar profundamente, ou saber da história horrível de vida da Ivone, era quando me perguntavam se eu queria conhecer o menino que eu tinha parido, o que acontecia com recorrência. Mas eu não queria. Achava que não estava preparada. E tentei não me culpar por isso.

A psicóloga achava que me consolava dizendo ser normal eu não querer vê-lo, por tudo o que eu tinha passado. Assim faziam todos. Assistente social, enfermeiros, médicos, a cada nova conversa. A minha vida sendo chacoalhada por um furacão nos últimos meses. Mas na minha cabeça era muito mais do que isso. Era como se o menino fosse a materialização das minhas decepções de uma vida inteira. Meu fracasso, minhas culpas.

Tentava procurar forças para enfrentar a vida fora do hospital, mas sabia que as dificuldades permaneceriam as mesmas. O aluguel, o condomínio, a creche fechada, o diagnóstico de Amábile, o benefício do governo sempre insuficiente quando se tem uma criança atípica.

Ivone até tentava me animar:

— Filha, as coisas por aqui andam mudadas. Sua vizinha, dona Raquel, decidiu fazer o isolamento junto comigo e Amábile. — Ela já estava me chamando de filha e eu passei a me sentir à vontade com isso. Contou toda a história da nossa vizinha e os motivos de ela ser tão fechada. Disse que ficou assim depois de ser passada para trás muitas vezes por inquilinos.

— As pessoas se aproveitavam dela porque era mulher, Luíza. Ela acabava acreditando nas histórias tristes que contavam e perdoava o aluguel em certos meses para acertarem depois. Mas as pessoas usavam de má-fé e quando ela ia tentar cobrar eram agressivos e ela ficava intimidada. Aí decidiu não se envolver com as ladainhas da vida de ninguém.

Contou que dona Raquel muitas vezes pensou em meter o bedelho na minha vida.

— Ela até deu a ideia de eu fazer marmita pra vender aqui no condomínio. Mas vou esperar você voltar pra gente decidir isso juntas.

Não parecia que Ivone iria embora da minha casa quando eu retornasse, isso me chocava um pouco, mas, no fundo, sentir que eu tinha alguém mais me esperando e que eu tinha uma rede de apoio se formando à minha volta me dava esperança.

Capítulo 28.

Depois do banho, com toda a ajuda que a enfermagem tinha que me dar graças às sequelas que o Covid tinha deixado no meu corpo, principalmente na minha capacidade pulmonar, movendo-me com alguma dificuldade, eu deixei que fizessem o curativo no meu dreno pulmonar e nos calcanhares. Retiraram o tal caninho da uretra e até achei que estivesse tendo um parto novamente.

O médico tinha me dado alta para me recuperar em casa. Ficar no hospital naquele cenário significava menos leitos para outros doentes e mais risco de reinfecção.

Prestes a deixar o hospital, lembrei daquelas pessoas paramentadas que me cuidaram tanto, sem pouco eu me dar conta de que ali mudava minha vida novamente para um outro existir, agora com algumas limitações, mas com uma força a mais que não me limitaria por me sentir culpada por nada. Foram muitas conversas no pouco tempo que todos tinham.

Elias tinha nos deixado, mas isso não significava alguma culpa minha. Talvez ele nos deixou por sentir que não daria conta da situação. Pode ser que tenha tido medo. Mas pensar nos motivos dele não ajudava em nada. As coisas que aconteceram, e como aconteceram, não mudariam a situação atual.

Eu precisava ressignificar a morte da minha mãe e o sumiço dos homens da minha vida.

Precisava me reconhecer como mulher e mãe.

Quando pensava na despedida, meu coração se enchia de gratidão por aqueles que agiram com naturalidade e profissionalismo, mesmo quando eu gritei de confusão e de tristeza, de desespero e desesperança. Aquela assistente social que segurou a minha mão e disse que ficaria tudo bem na verdade segurou a minha alma, pesada e confusa. Ela segurou meu espírito no momento de uma queda que havia começado muito tempo atrás e parecia não ter fim. Eu só conhecia aqueles profissionais com as máscaras cobrindo quase todo o rosto pelos sorrisos que davam com os olhos.

— Tudo preparado? — Na porta da UTI, uma das moças com um macacão branco fechado até o pescoço me indicava o caminho.

Pensei em minha mãe. Talvez, se ela estivesse viva, tudo teria sido diferente, ou não. Não dá para saber. Talvez ela sentisse algum tipo de orgulho por minha coragem de querer seguir agora com alguma normalidade, a normalidade que podíamos e conseguíamos desejar nesse cenário tão incerto e cheio de ameaças que a pandemia criou.

Um cenário. Talvez aqui fora tudo seja mesmo apenas isso: um cenário. E as coisas de verdade, as mais reais mesmo, acontecem dentro da gente.

Eu desejei ser a melhor mãe que Amábile poderia ter, como foi a minha mãe, e fazer o melhor naquele momento para o menino que tinha saído de dentro de mim, mas que eu ainda não conhecia.

Não olhei para trás. Só olhei para a frente, onde vi a imensa porta de possibilidades de vida pronta para ser transposta. Eu só tinha 22 anos e uma aldeia para ajudar a construir.

Era isso que eu desejava. Poder ser para Ivone e para Amábile — e para quem mais estivesse por perto depois que tudo isso passasse — um ponto de amparo. Eu estava disposta a aprender a "ser" com outras mulheres. Ser mãe também de outros jeitos.

No final das contas, nem sei se ter o diagnóstico da Amábile foi tão importante. Mesmo sem a medicação, Ivone relatava que ela estava melhor. Talvez o remédio de que ela tanto precisava era mesmo a presença de alguém que interagisse com ela de verdade, e isso ela estava ganhando da avó.

Chorei o resto das lágrimas contidas há tanto tempo na solidão de viver com uma criança que exigia cuidados especiais com urgência de suporte, sem ter ninguém a quem se possa recorrer por perto. Sem minha mãe para me amparar. Para me fazer erguer o rosto a fim de encontrar os olhos corajosos dela me transmitindo um pouco daquela coragem que eu nem entendia, e o som doce de sua voz dizendo "filha".

Segui a caminho do corredor, tentando só pensar em fazer o melhor dentro das minhas possibilidades, como aprendi com minha mãe e recentemente com Ivone. Enquanto saía devagar, levada na cadeira de rodas, segurava em uma das mãos uma sacolinha com a peça de roupa com que cheguei ao hospital no dia da internação e um cano pendurado do outro lado, o dreno. Outras mulheres me olharam sair sem o menino no colo. Um olhar esquisito. A ambulância me esperava do lado de fora do hospital para me levar de volta à minha cidade de origem, a viagem seria longa.

Antes de assinar a alta tive que registrar o menino.

— É direito da criança. Uma obrigação dos pais, não importando a condição — disse a moça do cartório que ficava dentro do hospital.

A certidão de nascimento do menino passou a registrar "pai desconhecido".

Dei ao menino o nome Elias.

Quem dentre vós não tiver pecado, seja o primeiro a atirar-lhe uma pedra

João 8:7

Agradecimentos

Agradeço a Deus por caminhar comigo pacientemente, descobrindo e vivendo o Seu propósito.

À minha família, em especial Andreas, Davi e Isa, que compartilham comigo as experiências de fazer nossa casa ser um lar. À minha mãe, às minhas avós, à minha irmã, minhas sobrinhas, sogra, primas, cunhadas, tias e todas as mulheres que me antecederam. A meu pai e meu irmão. Aos profissionais de saúde que cuidam de mim. Às amigas, que longe ou perto, torcem por mim e são base para que eu possa escrever personagens femininas, com seus silêncios, dores, vozes e amores. Aos meus colegas/amigos de trabalho e nossos pacientes — sou porque vocês são. Aos que escrevem, que acreditam no poder das palavras. Às primeiras leitoras e apoiadoras deste texto — uma aldeia toda: Anas, Aryanas, Denises, Fabianas, Jarids, Lellas, Jeovannas, Jéssicas, Lizes, Socorros e, não menos importante, agradeço ao professor Claudinei, que fez a primeira revisão deste texto. À Editora Urutau por acreditar neste romance de estreia.

A você que lê este meu livro. Muito obrigado!

Adriana Moro

catarinense, servidora pública, enfermeira de saúde mental, pós-doutora em saúde pública. Publicou seu primeiro livro de crônicas em 2016, *As meninas que nunca perderam a graça,* que faz parte da série Para Repensar o Cuidado. Em 2020 publicou o livro *Mulheres me contaram outro dia: histórias de violência contra a mulher que nos fazem repensar o feminino em nós.* Tem três livros publicados resultados de suas pesquisas de mestrado, doutorado e pós-doutorado, além de um livro infantil, *Meu jeito de nascer foi especial,* publicado em 2024. Mãe do Davi. Amante da vida, da natureza e das pessoas.

EDIÇÃO
debora ribeiro rendelli
tiago fabris rendelli
wladimir vaz mourão
REVISÃO
victor negri
DIAGRAMAÇÃO E CAPA
victor h. azevedo
PROJETO GRÁFICO
wladimir vaz mourão

editado em março de 2025

Dados Internacionais de Catalogação na Publicação (CIP) de acordo com ISBD

M867n Moro, Adriana

Não me chame de mãe / Adriana Moro. –
Cotia : Urutau, 2025. 144 p. ; 13cm x 19cm.

ISBN: 978-65-5900-920-6

1. Literatura brasileira. 2. Prosa. I. Título.

CDD 869.985
2025-855 CDU 869.0(81)

Elaborado por Odilio Hilario Moreira Junior - CRB-8/9949

margem sul & américa do sul, do sal e do sol

URUTAU 10 ANOS